U0695558

不可不知的中外民间故事

张 强 编著

吉林人民出版社

图书在版编目(CIP)数据

不可不知的中外民间故事 / 张强编著. -- 长春：
吉林人民出版社, 2012.7
（看世界丛书）
ISBN 978-7-206-09193-3

Ⅰ.①不… Ⅱ.①张… Ⅲ.①民间故事 – 作品集 – 世
界 Ⅳ.①I17

中国版本图书馆 CIP 数据核字(2012)第 149561 号

不可不知的中外民间故事
BUKE BUZHI DE ZHONGWAI MINJIAN GUSHI

编　著:张　强
责任编辑:韩春娇　　　　　　　　封面设计:七　洱
吉林人民出版社出版 发行(长春市人民大街7548号　邮政编码:130022)
印　　刷:北京市一鑫印务有限公司
开　　本:670mm×950mm　　1/16
印　　张:12　　　　　　　　字　　数:120千字
标准书号:ISBN 978-7-206-09193-3
版　　次:2012年7月第1版　　　印　　次:2023年6月第3次印刷
定　　价:38.00元

目录
CONTENTS

目录
CONTENTS

目录
CONTENTS

CONTENTS

仲由背米

传说在周朝春秋时候，鲁国有一个孩子，名叫仲由。他出生在一个贫困的家庭，为了填饱肚子，他经常跟随父母到山上挖野菜、采野果充饥。可是，他的父母亲身体多病，不能经常吃野菜，怎么办呢？那时候，他的家离集市很远，想要买到米粮，需要走百里的路程。

为了让父母亲吃到米饭，仲由不怕苦，不怕累，开始去百里之外买米，再把沉重的米袋背回家。冬天，刺骨的寒风阵阵吹过，仲由单薄的身子在风中颤抖，不知道在冰雪上摔倒多少次。夏天，炎热的太阳烘烤着大地，仲由背着米，走在路上，汗水湿透了衣襟。

即使是这样，仲由也毫不在意。他想："只要父母亲能吃到米，再苦再累，我也不怕！"当他看到父母亲吃着香喷喷的米饭时，仲由的心里开心极了！

就这样，不论刮风下雨，不管酷暑严寒，仲由始终坚持着去百里之外背米。他的孝行在乡亲们的口中流传着。后来，仲由长大了，楚王敬佩他的德行，请他到楚国做了官，并赏赐给他万斗的米粮，上百辆马车。

从此，仲由过上了衣食丰足的日子。遗憾的是，这时候，他的父母亲已经过世了。每当仲由思忆起父母，回想到过去艰难的岁月时，他都会忍不住流下眼泪，心想："如果父母亲能健康地活着，过上安康的日子，那该多好啊！"

子路借粮

春秋时期，孔子和他的弟子周游列国。一天，来到陈国，陈国正在闹饥荒。当地人都饿得四处逃荒。他们师徒走到这里断了粮，几天没吃上饭，一个个饿得肚子直叫唤。陈国人没有粮食借给他们，孔子就打发他的徒弟子路去向他的好友老子借粮。

子路见到了老子，恭恭敬敬地施了个礼说："先生，我们师徒在陈国断了粮，老师让我向先生借粮来了。"

老子对他说："好啊，借粮不难，不过你要回答我一个问题，答对了，把粮借给你，答不对，粮不能借给你。"

子路一是借粮心切，二是觉得一般问题也难不住他，就很自信地说："好，先生请问吧。"

老子用手捋了捋胡子，慢条斯理地说："你说什么多，什么少；什么时候欢喜，什么时候恼？"

子路一听笑了笑，说："你听好了，我告诉你，天上星星多，日月少；娶媳妇时欢喜，出殡时恼。"

老子听了毫不客气地说："你答的不对，对不起，这粮不能借给你。你回去吧。"

子路满以为自己回答得很正确，老子却说他回答得不对，心里不服气。心想："这老头子就是不想借粮给我罢了，回去向老师告他一状，见死不救，太不够朋友了。"

子路辞别了老子，一边想一边走，带着满肚子的气回到了陈国，把事情的经过对孔子说了一遍。孔子对子路说："子路啊，这题你回答错了，文不对题呀。"

子路一听，老师也说自己回答错了，忙问："请问老师，这个问题应该怎样回答才对？"

孔子说："应该这样回答，小人多，君子少；借时欢喜，还时恼。"

子路听罢，立即回见老子，并这样做了回答。老子听了很高兴，拿出一小竹筒小米借给了他，子路一看很不满意，嘟哝说："问题答不对不借粮，问题答对了借给这么少。我们师徒那么多人，就这么点，还不够一个人吃一顿的呢。"

老子见子路不高兴，就解释说："救急之粮不能多，快拿回去救你师徒们的命去吧。"

子路扫兴地拿着小竹筒米回到陈国，见了老师，就告老子的状："这老头简直不够朋友，你看，问题答对了，就借给了咱这么一小筒米，够谁吃的？和不借还有啥两样？"

师徒们虽然都很生气，也没办法。管他怎么着，先倒出来熬点粥充充饥吧。可是，往袋子里一倒，淌起来没个完了。倒了一袋又一袋，一直倒了五六袋。他们师徒乐得蹦了起来。子路看见倒出了这么多的米，笑着说："这么些就够了。"话音刚落，竹筒的米就不往外淌了。

烧书做饭

古时候有位家里很穷的孩子，拜当时一位有名的学者为师，学习做学问。

可是孩子来了几天，学者只教他做一些农活，却不教他怎么做学问，孩子不免有些心急。他看见学者的书房有很多书，就偷偷地拿了一本读了起来。

学者见孩子不做农活拿着本书念念有词，于是走过去问："你拿着书本想学到什么？"

孩子说："我想成为学者。"

"成为学者之后呢？"

"我想像老师一样出名。"

学者拿过孩子手里的书，当着孩子的面撕碎扔在灶下点着火。

孩子吃惊地问道："老师，你烧书干什么呀？"

学者说："我引火做饭啊。"

孩子说："做饭怎么能烧书呢？"

学者说："没有纸引不着火，没有火就做不成饭，人不吃饭怎么能做学问，怎么能出名呢？"

孩子沉默了，不知道怎么回答。

学者又说："你想学学问，这很好，可是在学学问之前，你应该先学习生存之道。做学问不是一朝一夕可以完成的，需要很长的时间去摸索学习。如果你把所有的时间和精力都用在这个上面，那么你最基本的生存问题要怎么解决？"

孩子听了学者的教诲，心甘情愿去干农活了。

书童斗嘴

北宋年间，有一年春季，桃红柳绿、风光无限，苏东坡携书童前来泰山游玩。两人走走停停，不知不觉中来到佑庙前。佑庙里有不少碑刻，大都是历代帝王将相所立，名家名人所书，苏东坡与书童随人流进了佑庙，观赏碑林。

这时，从东边过来一位气宇轩昂、风度不俗之人。苏东坡仔细一看，不觉大喜过望，那人竟是他的好友大文豪王安石。苏东坡连忙招呼："王大人，怎么这么巧，你也来泰山了？"

王安石见是苏东坡，一边观赏碑文，一边回答："只许你这位大诗人观赏泰山风光、佑庙碑刻，就不许我也来凑凑热闹？"

苏东坡急忙辩解："哪里话？能与王大人同游佑庙碑林，实乃人生一大幸事！"说完用手一指身后："这是书童福德。"王安石用嘴一撇右前方那位年轻人，说："我的书童学智！"

王安石话音刚落，福德便跑过去与学智打招呼，谁知学智一副拒人千里之外的样子，只是"哼"了一声，算是打招呼。

四人不紧不慢边看碑文，边朝前走去。来到一块微微向东倾斜的石碑面前时，四人止步，评头品足。福德因刚才看了学智的脸色，心中不快，就上前一步，抢先说道："安石不正影子歪！"

学智何等聪明，一听人家福德在讽刺自己的主人，岂肯罢休，脱口接道："东坡前倾根基斜！"

听见两位书童斗嘴，王安石插话说："学智说得一点没错，此碑确实因为根基斜了，才东坡前倾啊！"

苏东坡"哦"了一声，说："王大人言之有理，不过，咱福德说得更有道理，身子不正影子才歪么！"说完，王安石与苏东坡相视着哈哈大笑起来。

见主人大笑，福德与学智也跟着吃吃地笑了。

这是讲述在游览泰山的途中，苏东坡和王安石的书童各自因为主人而骄傲乃至互相斗智的故事。当然，两位大文豪却表现出难得的大度和宽容，两人依然如故，并顺着书童的句子，互相调侃。

这个故事告诉我们，经常和有学识的人在一起也会变得有智慧。所谓"近朱者赤，近墨者黑"，书童们虽然只是斗嘴，但是诗句一语双关，很有意味。

生活中需要幽默，本来可能是尴尬的事情，经过幽默的处理，反而让大家更开心。

鲤鱼跳龙门

庙峡，又名妙峡。两座巍峨雄奇的凤凰大山，拔水擎天，夹江而立，引人入胜的鲤鱼跳龙门，活灵活现，雄奇壮观。进入峡谷，两山雄峙，悬崖叠垒，峭壁峥嵘，壁峰刺天；奇特的岩花，依壁竞开，把峡谷装缀成仙境一般。这个神奇美妙的峡谷，流传着一个动人的故事。

在很早以前，龙溪河畔的乡民，男耕女织，过着安居乐业的美满生活。一年，不知从哪儿飞来一条大黄龙，作恶多端。它不是呼风唤雨破坏庄稼，就是吞云吐雾残害生灵，把整个峡谷搞得乌烟瘴气，不得安宁。每年六月六日它的生日这天，更是强迫人们献上一对童男童女和十头大黄牛，一百头猪、羊等物供它享用。如若不然，它就发怒作恶，张开血盆大口，窜入村庄吞噬人畜，破坏田园，害得宁河黎民怨声载道，叫苦连天。

峡口龙溪镇上，有一位聪明俊美的小姑娘，名叫玉姑，她下决心，非除掉这条恶龙不可。有几次，她登上云台观去找云台仙子求救，都未找着。她仍不灰心，继续去找。这天清晨，她登上云台观，仙子被玉姑心诚志坚的精神感动了，就出现在她眼前，向她指点说："离这儿千里之外有个鲤鱼洞，你可前去会见一位鲤鱼仙子，她定能相助于你。"

玉姑辞别云台仙子，跋山涉水，历尽千辛万苦，来到鲤鱼洞中，找到鲤鱼仙子，说明来意。鲤鱼仙子对玉姑说："你想为民除害，这是件大好事，可是必须牺牲你自己啊！你能这样做吗？"玉姑毫不犹豫地说："只要是为乡亲们除害，消灭那恶龙，哪怕是上刀山，下火海，粉身碎骨我也心甘！"鲤鱼仙子见玉姑这样诚恳坚决，十分满意地点了点头，朝玉姑喷了三口白泉，她顿时变成了一条美丽刚劲的红鲤鱼。

小红鲤逆江而上，经过七七四十九天，游回家乡。这天正是六月六日清晨，她摇身变还原貌，见乡亲们已准备就绪：一对童男童女，十头大黄牛，一百头肥羊肥猪。人们敲锣打鼓，宛如一条长龙向祭黄龙的峡口走来，前面那一对身着红衣红裙的童男童女，早已哭成泪人了。

黄龙见百姓送到盛餐佳肴，早已垂涎三尺，得意地张开大口。就在这千钧一发之时，玉姑抢先上前，拦住父老乡亲们说道："大家在此暂停等着，让我前去收拾这个害人精。"话刚说完，只见玉姑纵身跳入水中，霎时变成一条大红鲤鱼，腾空飞跃，直朝恶龙口中冲去，一下窜进它的肚中，东刺西戳，把龙的五脏六腑捣得稀烂，恶龙拼命挣扎，浑身翻滚，但无济于事，终于被玉姑杀死了。可是，玉姑自己也葬身在黄龙腹中。

从此，宁河人民又过着安居乐业的日子。人们为了缅怀玉姑为民除害，在峡口半山腰修起了一座鲤鱼庙。至今在宁河一带，还广为流传着鲤鱼跳龙门的故事。

马头琴的来历

很久很久以前，草原上有个放牛娃，名字叫苏和。

一天，太阳下山了，天慢慢地黑下来了，苏和才赶着羊回家。走着，走着，忽然看见前面路边有个毛茸茸的东西，走近一看，啊，原来是一匹刚生下来的小白马，多可怜啊，苏和就把它抱回家去养着。

日子一天天过去了，小白马一天天长大了，浑身雪白，又美丽又健壮，人人见了人人爱。苏和更是爱得不得了，每天骑着小白马去放羊，他们真像一对好朋友，一时一刻也分不开。

一年，草原上的王爷举行赛马会，四面八方的人都去参加。苏和对他心爱的小白马说："小白马，小白马，人家都去参加赛马会，咱们也去，好吗？"小白马不会说话，一边点着头，一边叫着，好像在说："咱们也去，咱们也去！"苏和别说有多高兴了，他带上干粮，骑着小白马也去参加了。

赛马会开始了，好多身强力壮的小伙子，骑着棕色的、黑色的、黄色的马在草原上奔跑，可谁也没有苏和的小白马跑得快。小白马像一道闪电，一会儿就到了目的地。

王爷一看，得第一名的是个穷小子，心里很不高兴，他让人把苏和叫来，对他说："你是个穷小子，不配骑这样好的马。我给你三个金元宝，把这匹小白马卖给我，你回去吧！"苏和怎么舍得他心爱的小白马呢！他对王爷说："我是来赛马的，不是来卖马的！"说着牵了小白马就走。

王爷一听发了火："你这个放羊的穷小子，敢顶撞我王爷！来人啊！拉下去狠狠地打！"苏和挨了一顿打，被王爷赶了回去。

王爷抢了苏和的小白马，就想在别人面前显一显，第二天，王爷摆了酒席，请了许多许多客人，王爷对大家说："我刚得了一匹小白马，奔跑起来就像一道闪电，谁也比不过它，你们好好瞧着。"

他说完话，就骑上了小白马，可是小白马一动也不动，王爷生气了，就拿鞭子打它，这一打可不得了，小白马猛地一跳，把王爷摔了个四脚朝天，小白马撒开腿就跑，去找它的小主人苏和了。

"捉住它，捉住它！"王爷从地上爬起来，没命地喊着。可是谁也追不上它，王爷接着喊："别让它跑了，用箭射死它！"

几十支箭，嗖嗖嗖嗖，向小白马射去。小白马被箭射中了，血不断地流出来。可是小白马很勇敢，它忍着痛，一个劲地向前跑，一直跑到小主人苏和家。

苏和被打得浑身都是伤，躺着一动也不动，心里正想着他的小白马，忽然听见一阵马的叫声，啊！是小白马，是小白马回来了。他忍住痛，一个翻身爬起来，打开门一看，真的是小白马回来了。可是小白马，雪白的毛都让血染红了，它亲了亲小主人苏和的脸，倒在地上就死了。

小白马死了，苏和几夜都睡不着觉，心里不停地说着："小白马回来吧！小白马回来吧！"一天晚上，苏和刚一睡着，看见小白马回来了。苏和搂着小白马的脖子，亲了又亲，说："小白马，我真想你啊！"小白马轻轻地说："我的小主人，我也真想你啊！你拿我身上的东西做一把琴吧！这样，我们就永远在一起了。"

苏和睁开眼睛一看，小白马不见了，原来刚才是在做梦呢。他含着眼泪拿小白马的骨头做了一把琴，拿它的筋做弦，拿它的尾巴骨做弓，琴杆顶上雕刻了个马头。这就是马头琴的来历。从此，苏和天天拉琴，拉了许多好听的曲子，远远听起来，就像小白马在唱歌。

其他的牧民听到这优美的曲子，都学苏和的琴的样子，用木头做了许多马头琴，他们一边放牧一边弹着马头琴。就这样马头琴传遍了整个草原。

良心当铺

良心当铺的境况一天不如一天，眼看就要关门大吉了。良心当铺的老板张一品因为得了一场大病，眼睛意外失明，只得把当铺交给了儿子张三宝打理。这张三宝一不懂得经营，二不识货。前不久，又因为贪财，一连错收了几件假古董，亏了两千多两银子。

这天，一位老人拿着一个青花瓷瓶来到了良心当铺。伙计连忙叫来张三宝。张三宝接过青花瓷瓶看了看，说："拿走，拿走！什么东西，也拿来当！"

老人说："你不相信这是古董？这可是我家祖传的！"然后，老人细细地跟张三宝说了一番。原来，老人有病在身，急需钱买药，他求张三宝收下这青花瓷瓶，说只当二十两银子就够了。老人说罢，不住地咳嗽起来。看来，老人把这瓷瓶当作了救命符。

张三宝想：以前我太贪心，没有良心，以致老天惩罚我，当铺也一天不如一天。反正如今当铺也要关门了，不如就给他二十两银子。于是，张三宝收下了瓷瓶，叫伙计取银子给老人。伙计慌了，上前对张三宝说："老板，这可不是古董，连一两银子也不值！"张三宝说："我叫你给钱你就给钱吧！"伙计叹口气，只得取了二十两银子给老人。伙计见张三宝拿着瓷瓶进里屋去了，嘴里说道："明明是假货还要，我看这当铺要关门喽！"说罢，摇头叹息。

哪想到，十天过后，这个老人又来了。这次，老人又带了一个青花瓷瓶来。伙计一看青花瓷瓶，跟上次那个大不一样，伙计不敢大意，赶紧去叫张三宝。张三宝看到这个青花瓷瓶，眼睛也不由得一亮，用手摸着瓷瓶说："你想当多少银子？"老人说："五百两！"张三宝吃了一惊，说："只当五百两？这样吧，我给你一千两！"老人说："不必那么多，只要五百两我就够了！"张三宝高兴地收了瓷瓶，叫伙计给钱。老人最后把上次那个青花瓷瓶赎走了。

十天过后，赎当的日期到了，可老人却没有来。那个青花瓷瓶，就算是当铺的了。这个瓷瓶，少说也能值两千两银子，没想到最后却赚了一把。

不久，张三宝另有打算，想把当铺盘给兴隆当铺的刘老板。这天一大早，刘老板就带着两个伙计来到了良心当铺盘货查账。开始时，刘老板还不以为意，等他看到了那个青花瓷瓶，不由得大惊失色，连忙对张三宝说："你这当铺，我还是不要了……"

张三宝觉得奇怪："你怎么出尔反尔？"

刘老板指着那个青花瓷瓶说："就这瓷瓶，就能值五千两银子。你说你的当铺经营不下去了，开什么玩笑呀？"刘老板说完，袖子一甩，带着自己的两个伙计走了。张三宝愣在那里，好半天，他上前捧着青花瓷瓶，说道："这瓷瓶值五千两银子，这么多！"

因为有了这个值钱的青花瓷瓶在，良心当铺依然开着张，而且生意越来越兴隆。

年终，一算账，当铺扭亏为盈，除去各种开支，还赚了三四千两银子。

那天晚上，张三宝把这个喜讯告诉了父亲张一品。张一品听了，笑着对张三宝说："当铺能起死回生，看来还是靠那个瓷瓶呀！"张三宝说："是呀！那么值钱的一个瓷瓶，那个老人才只当了五百两银子，一直没来赎！"张一品说："那是人家见你有良心，送你的！""送给我的？"张三宝莫名其妙。

张一品看了看张三宝，笑着说道："老人拿来的第一个瓷瓶，明明是个不值钱的假货，可你还是给了他二十两银子，你是见老人有病，可怜他。可见你还有良心，所以后来人家就送你一个值五千两银子的真瓷瓶了！"

张三宝不由得有些纳闷，问："爹，你怎么知道得这么清楚？"张一品笑着说："因为我就是那个老人……"

"你……"张三宝惊讶得半天说不出话来。

张一品继续说道："我知道当铺早晚都要交给你打理，于是就在大病之后装着失明了，让你来打理当铺，哪想到你贪财好利，急于赚钱，没有良心，不到一个月就亏了两千两银子。为此，我很气愤，可我还不想让当铺就此败了下去，于是就化装成一个有病的老人拿一个假瓷瓶来当，没想到你小子还有点良心，给了我二十两银子，于是我就找出我珍藏多年的古董瓷瓶拿来当给你，如此一来，就没人敢收购这个当铺了，而你也就有了信心了。"

听完父亲的解释，张三宝泪眼模糊："爹，谢谢你！要不是你……"张一品笑着说："不要谢，还是谢你自己吧。是你的良心拯救了你，拯救了当铺。我当初给当铺取名叫作良心当铺，就是要做一个有良心的人，经营一个有良心的当铺。因为只有良心，才能赢得人心，才能赢得生意！"

张三宝不住地点头。他终于明白了父亲经营了几十年当铺却没有赚到多少钱的原因了。

小马的选择

牧马人家的母马生下了三匹小马。小马一天天长大了。

这一天，牧马人对它们说："你们想不想成为能追风逐电、驰骋天下的宝马良驹？"

"想！"三匹小马异口同声地响亮回答。

牧马人一听，脸上绽开了笑容，说："好，这也是我所希望的。那你们看看，你们现在最想要的是什么？"

"我想要一副精美的辔头。"一匹小马说。

"我想要一副漂亮合体的马鞍。"另一匹小马说。

"那么，你想要什么呢？"牧马人问第三匹小马。

"我最想要的是一根皮鞭。"

"皮鞭？"牧马人和那两匹小马都吃了一惊。

"因为我知道，不论是谁都有惰性，有了皮鞭的时时鞭策，我就会克服惰性，从而踏上驰骋天下的征程。"

"好！"牧马人一听，啧啧称赞。

那两匹小马惭愧地低下了头。

拥有远大的理想固然很重要，关键是在通往理想的道路上还要学会选择。当我们在为理想而努力的时候往往会忘记了我们真正需要的是什么，正如前两匹小马，"精美的辔头"，"漂亮合体的马鞍"，这些只是华丽的外表而已，而我们真正需要的是内在的脚踏实地的努力，所以第三匹小马是明智的。

在为理想努力的时候难免会累，这时候就需要我们自己给自己施加压力，促使自己坚持到底。正如龟兔赛跑，兔子虽然跑得很快，但它缺少压力，总认为乌龟追不上自己，于是睡起了大觉，而乌龟因为前面有目标不断地激励自己，于是赢得了比赛。

每个人的成功都不是件容易的事，成功需要我们刻苦努力，克服惰性，不要偷懒，坚持到底。文章中的第三匹小马身上正体现了这些美好的品质，当它想偷懒的时候就用鞭子促使自己继续往前跑，也只有这样才能跑得更远。

孔雀的眼睛为什么是红的

孔雀在林中找了一块地方筑巢生蛋，小孔雀孵出来后，孔雀妈妈非常兴奋。

没过两天，狐狸发现了孔雀的窝，准备把孔雀一家大小吃掉。孔雀妈妈想了一个计策，她故意恭维狐狸："噢，你是森林中的大臣，你的聪明才智谁也比不了。你知道我的孩子还小，你现在吃了也不饱，为什么不等我把他们喂胖了再吃呢？"

狐狸一听叫他大臣，心里乐滋滋的。他觉得孔雀妈妈说得有理，就决定等小孔雀长大一些再吃。他对孔雀妈妈说："听到你叫我大臣，我很高兴，不过，光你一人叫我大臣有什么用呢?"

聪明的孔雀妈妈说:"我的嗓门高,声音大,我会让森林中的动物都知道你是真正的大臣。用不了多久,大家都会称你为大臣的"

狐狸还有些不放心,临走时警告孔雀妈妈说:"如果三两天内大家不叫我大臣,我就来收拾你们一家。"

孔雀妈妈知道狐狸不会放过她,马上把家搬到另一个地方。她根本没替狐狸"大臣"做宣传,却在想方设法保卫自己。她在原来的窝前挖了一个坑,上面撒满鸟粪,然后把树枝和草覆盖在坑的表面。狐狸一直期待大家称他为大臣,可是连小小的昆虫也不理他。狐狸非常恼火,连忙去找孔雀问罪:"你说话不算数,你骗了我!"

孔雀妈妈说:"你是个笨蛋,别人怎么会称你为大臣呢?"

狐狸没想到孔雀胆子竟这么大,猛地向孔雀扑去,结果掉进陷阱里了。孔雀飞到树上,对着狐狸哈哈大笑,她越笑,狐狸越气。狐狸在坑里使劲往上爬,但是不管他怎么挣扎,就是爬不上来。

孔雀笑呀笑,笑得流出泪来,泪流多了,眼睛变红了。从此以后,孔雀的眼睛就红了。

李白求师

李白晚年，政治上很不得志，他怀着愁闷的心情往返于宣城、南陵、歙县、采石等地，写诗饮酒、漫游名山大川。

一天清晨，李白如往日一样，在歙县城街头的一家酒店买酒，忽听隔壁的柴草行里有人在问话："老人家，你这么一大把年纪，怎么能挑这么多柴草，你家住哪？"

回答的是一阵爽朗的大笑声，接着，便听见有人在高声吟诗：

"负薪朝出卖，沽酒日西归。

借问家何处？穿云入翠微！"

李白听了，不觉一惊。这是谁？竟随口吟出这样动人的诗句！他问酒保，酒保告诉他：这是一位叫许宣平的老翁，他恨透了官府，看穿了世俗，隐居深山，但谁也不知道他住在哪座山里。最近，他常到这一带来游历，每天天一亮，就见他挑柴进镇，柴担上挂着花瓢和曲竹杖。卖掉柴就打酒喝，喝醉了就吟诗，一路走一路吟，过路的人还以为他是疯子哩。

李白暗想：这不是和自己一样的"诗狂"吗？他马上转身出门，只见那老翁上了街头的小桥，虽然步履艰难，但李白无论怎么赶也赶不上。

追上小桥，穿过竹林，绕过溪流，李白累得气喘吁吁，腰酸腿痛，定神一看，老翁早已无影无踪了。李白顿足长叹：
"莫不是我真的遇上了仙人！"

他撩起袍子又赶了一程，还是不见老翁，只好失望地回来。

那天夜里，李白怎么也睡不着，回想起自己大半辈子除了杜甫之外，还没结识到几个真正的诗友。今天竟遇上这样一个诗仙，可不能错过机会，一定要找到他！

第二天，李白在柴草行门口一直等到日薄西山，也不见老翁踪迹。

第三天，第四天，天天落空。

第五天一早，李白背起酒壶，带着干粮上路了。他下了最大的决心，找不到老翁，就是死也要死在这儿的山林里。

翻过座座开满野花的山冈，蹚过道道湍急的溪流，拨开丛丛荆棘，整整一个多月，还是没见老翁的影子。李白有点泄气了。正在这时候，他回想起少年时碰到的那位用铁杵磨针的婆婆，婆婆说得好："只要有决心，铁杵磨成针。"要想找到老翁，就看自己有没有毅力啦。想到这里，李白紧紧腰带，咬咬牙，又往前走。累了，趴在岩石上睡一会；饿了，摘一把野果充饥；酒瘾上来，就捧着酒壶美美地喝上一口。

这天黄昏，晚霞把天空染得通红通红，清泉与翠竹互为衬托，显得分外秀丽。李白一心惦念着老翁，哪顾得欣赏景色。他拖着疲惫的身子，一瘸一拐地来到黄山附近的紫阳山下。转过山口，只见前面立着一块巨石，上面似乎还刻着字。李白忘记了疲劳，一头扑上去，仔细辨认起来，哦，原来是一首诗：

> 隐居三十载，筑室南山巅。
>
> 静夜玩明月，闲朝饮碧泉。
>
> 樵夫歌垄上，谷鸟戏岩前。
>
> 乐矣不知老，都忘甲子年。

连读三遍，李白失声叫道："妙哉！妙哉！真是仙人之声呀！"心想：见到老翁，一定得拜他三拜，好好请教请教。虽说自己也跟诗打了几十年交道，但这散发着野花香味的诗还真是头回领略。

他转过身，看见崖石边的平地上摊着一堆稻谷，看来，准是许宣平老翁晒的。李白索性往边上一蹲，一边欣赏山中的景致，一边等老翁来收谷。

天黑了，李白忽听到山下传来阵阵击水声，循声望去，只见山下的小河对岸划来一只小船，一位须发飘飘的老人立在船头弄桨。李白上前询问道："老人家，请问，许宣平老翁家在何处？"

原来这老人正是李白要找的许宣平老翁，上次他见李白身穿御赐锦袍，以为又是官家派来找他去做官的，所以再也不愿去歙县城了。没料到，此人竟跟踪而来。这时，老人瞟了李白一眼，随手指指船篙，漫不经心地答道："门口一杆竹，便是许翁家！"

李白抬眼望了望郁郁葱葱的山峦，又问："处处皆青竹，何处去找寻？"

老人重新打量着这位风尘仆仆、满脸汗水的客人，反问道："你是……"

"我是李白。"说着，深深地一揖。

老人愣住了："你是李白？李白就是你？"

李白连忙说明了自己的来意。

老人一听，双手一拱："哎呀，你是当今的诗仙！我算什么，不过是诗海里的一滴水罢了。你这大海怎么来向一滴水求教，实在不敢当，不敢当！"说完，撑起船就要往回走。

李白一把拉住老翁的衣袖，苦苦哀求道："老人家，三个月了，我风风雨雨到处找你，好不容易见到了老师，难道就这样打发我回去不成！"

李白真挚的话语打动了老人的心。两人对视了好久，老人猛地拉住李白，跳上了小船。

从此，无论在漫天的朝霞里，还是在落日的余晖中，人们经常看到李白和这位老人，坐在溪水边的大青石上饮酒吟诗。那朗朗的笑声，和飞瀑的喧哗声汇成一片，随溪水一起送到百里千里之外……

至今，许多游人一到黄山，总爱顺着淙淙的溪水，去追寻李白的游踪。

看见了吗？过虎头岩，在鸣弦泉下，有一块刻着"醉石"二字的巨石，传说，当年李白和老人就在这里欣赏山景，饮酒吟诗。

颜回输冠

颜回爱学习，德行又好，是孔子的得意门生。

一天，颜回去街上办事，见一家布店前围满了人。他上前一问，才知道是买布的跟卖布的发生了纠纷。只听买布的大嚷大叫："三八就是二十三，你为啥要我二十四个钱？"

颜回走到买布的跟前，深施一礼说："这位大哥，三八是二十四，怎么会是二十三呢？是你算错了，不要吵啦。"

买布的仍不服气，指着颜回的鼻子说："谁请你出来评理的？你算老几？要评理只有找孔夫子，错与不错只有他说了算！走，咱找他评理去！"

颜回说："好，孔夫子若评你错了怎么办？"

买布的说："评我错了输上我的头。你错了呢？"

颜回说："评我错了输上我的冠。"二人打着赌，找到了孔子。

孔子问明了情况，对颜回笑笑说："三八就是二十三呀！颜回，你输啦，把冠取下来给人家吧！"

颜回从来不跟老师顶嘴，他听孔子评他错了，就老老实实摘下帽子，交给了买布的。那人接过帽子，得意地走了。对孔子的评判，颜回表面上绝对服从，心里却想不通。他认为孔子已老糊涂，便不想再跟孔子学习了。

第二天，颜回借故说家中有事，要请假回去。孔子明白颜回的心事，也不挑破，点头准了他的假。颜回临行前，去跟孔子告别。孔子要他办完事即返回，并嘱咐他两句话："千年古树莫存身，杀人不明勿动手。"

颜回应声"记住了"，便动身往家走。路上，突然风起云涌，雷鸣电闪，眼看要下大雨。颜回钻进路边一棵大树的空树干里，想避避雨。他猛然记起孔子"千年古树莫存身"的话，心想，师徒一场，再听他一次话吧，便从空树干中走了出来。他刚离开不远，一个炸雷，把那棵古树劈个粉碎。颜回大吃一惊：老师的第一句话应验啦！难道我还会杀人吗？

颜回赶到家，已是深夜。他不想惊动家人，就用随身佩带的宝剑，拨开了妻子住室的门闩。颜回到床前一摸，啊呀呀，南头睡个人，北头睡个人！他怒从心头起，举剑正要砍，又想起孔子的第二句话"杀人不明勿动手"。他点灯一看，床上一头睡的是妻子，一头睡的是妹妹……

天明，颜回又返了回去，见了孔子便跪下说："老师，您那两句话，救了我、我妻和我妹妹三个人呀！您事前怎么会知道要发生的事呢？"

孔子把颜回扶起来说："昨天天气燥热，估计会有雷雨，因而就提醒你'千年古树莫存身'。你又是带着气走的，身上还佩戴着宝剑，因而我告诫你'杀人不明勿动手'"。

颜回躬身说道："老师料事如神，学生十分敬佩！"

孔子又开导颜回说："我知道你请假回家是假的，实则以为我老糊涂了，不愿再跟我学习。你想想：我说三八二十三是对的，你输了，不过输个冠；我若说三八二十四是对的，他输了，那可是一条人命啊！你说冠重要还是人命重要呢？"

颜回恍然大悟，"扑通"跪在孔子面前，说："老师重大义而轻小是非，学生还以为老师因年高而欠清醒呢。学生惭愧万分！"从这以后，孔子无论去到哪里，颜回再没离开过他。

陶渊明授学

东晋大诗人陶渊明不为五斗米折腰，弃官返乡，过起了田园生活。

乡邻中有个少年，很想在诗文上获得成就。一天，特地登门拜访陶渊明，恭恭敬敬地请教说："老先生学识渊博，不知有什么学习妙法？请指教一二。"

陶渊明听完后，哈哈大笑道："天下哪有什么学习妙法，勤学则进，辍学则退，如此而已。"可是那少年却眨巴着眼睛，一副似懂非懂的样子。陶渊明知道他还没听懂，决定细心地开导他一番。

陶渊明于是指着门前稻田中尺把高的禾苗说："你蹲在禾苗前，聚精会神地瞧着，看它现在是不是在长高？"

少年看了半天后说："没见他们长啊！"

"真的没见长吗？"少年还是摇头不明白。陶渊明说："这禾苗每时每刻都在长，只是短时间察觉不到。知识的增长也靠一点一滴的积累，有时连自己都不能察觉。哪里会有什么捷径！"说着又从怀里掏出一本说："读书学习只要持之以恒，勤学不止，就会由知之甚少变为知之甚多。勤学如春起之苗，不见其增，却每天有所长啊！"接着又指着一块磨刀石问："你再看看那块磨刀石，为何会出现像马鞍一样的凹面呢？"

少年随口答道："那是磨损的呀！"

"不错，可是你知不知道它是哪一天被磨损成这个样子的呢？"陶渊明问道。

少年想了想说："这我倒不知道，好像没见过哪一天忽然被磨损的。"

陶渊明进一步引导说："这是农夫们天天在这里磨刀，年复一年磨损而成的，绝不是哪一天就磨出这个样子来的呀！"少年似乎还没有完全明白，陶渊明看出这一点，又接着说："从磨刀石，我们可以悟出另一个学习的道理来，这就是：辍学如磨刀石，不见其损，却每天有所亏。"

少年听完，高兴地说："我明白了，学习一旦间断停止，所学知识就会在不自觉中慢慢遗忘和荒废。"

陶渊明拊掌大笑，夸赞道："说得对，说得好！"

金豆子和老公鸡

柱子的父母很早就死了，他跟着哥哥嫂嫂过日子。柱子是个勤劳、善良的人，虽然哥嫂对他很不好，每天给他很多工作，除了犁地、播种、施肥、除草之外，还要砍柴、挑水、洗衣、喂鸡，忙不完的活。可是柱子从不埋怨，总是尽心尽力，快快乐乐地做事。

可是哥嫂仍把他当成眼中钉，嫌他多张嘴巴吃饭。过了几年，又同他分了家，把他赶到隔壁破屋子。哥嫂自己留了种稻子的水田，却只给柱子一亩干巴巴的旱田和一只不会叫的老公鸡。

柱子对哥嫂分给他的这些一点也不抱怨，他心想："旱田虽然不能种稻子，却可以种豌豆，这样也很好了。"于是，他便种了一些豌豆，种出的豌豆刚好够他吃的。冬天里有屋子避寒，夜深人静的时候，有老公鸡和他做伴，柱子对这样的生活已经感到很满足了。他还给老公鸡做了个漂亮的笼子，每天喂它三顿饭，下雨了，赶快把笼子抱进屋里，不让老公鸡淋湿一根羽毛。大晴天，就带着老公鸡外出散步。没事的时候就跟老公鸡说说话，老公鸡也似乎听得懂似的。

柱子平日勤劳工作，虽然哥嫂对他很不好，柱子却没把这些放在心上，有空时就带着老公鸡去见哥嫂。嫂子见他来，总是对他冷冰冰的，哥哥见他来，只当没瞧见。虽然这样，柱子还是常常带着老公鸡，去向哥嫂请安。

一天，不会叫的老公鸡，突然张开嘴叫道："柱子。"柱子发现老公鸡会说话，高兴极了。老公鸡说："柱子，你待我真好，怕我肚子饿着，怕我被雨淋湿。我窝里有点鸡粪，你把它堆到田里的一棵豌豆下。"

柱子赶忙用簸箕掏了老公鸡的粪，堆到一棵豌豆下。真是神奇，这棵豌豆从此就长得特别粗壮，开出来一朵朵紫花，然后又结出了许多特别肥大的豆荚。

这时，老公鸡又说话了："柱子，柱子，快把豌豆荚摘下来，放到锅里去煮。"柱子赶忙摘下豌豆荚，生起柴火煮起来。自个儿呆呆坐在火边望着锅。老公鸡说："这豆荚大，要煮久一点。你去睡觉吧，到半夜我再叫你把锅盖打开。"

到了半夜，老公鸡突然"咯咯咯"地叫了起来。柱子赶紧起床，准备吃他的大豌豆。他打开锅盖，一阵清香和着一缕白烟喷进鼻子。柱子乐坏了，慌忙拿勺子捞起一条一条碧绿的豌豆荚。

豌豆荚一出水，忽然"噼啪"一阵响，全都裂开了一条细缝，在黑暗里，隐隐约约透出晶亮的光芒。柱子剥开豆荚，只见里面塞满了一颗颗圆滚滚的金豆子，像天上的星星一样发亮。

他不知道这是怎么回事，赶忙跑去问老公鸡金豆子能不能吃。

老公鸡说："不能吃，不能吃，那是值钱的金豆子，你快去用它买一头牛，以后就有牛帮你耕田，让你省点力气了。"柱子高兴地抱紧老公鸡。

哥嫂发现柱子竟然买了一头牛，立刻把他叫去问了个一清二楚。

他们一听老公鸡这么神奇，就不讲理地把老公鸡抢回了家。柱子虽然很难过，但他不想和哥嫂争吵，只好由他们去。

哥嫂把老公鸡伺候得像国王一样。烧好的饭，让它先尝，床铺好了让它先睡。

一天老公鸡果然开口对哥嫂说："你们夫妻俩对我太好了，我窝里有些鸡粪，你们拿去堆在一棵豌豆下。"

哥嫂高兴地拾起床上的鸡粪，但是他们的好田种满了稻子，没法种豌豆。

嫂嫂说："我们用好田跟弟弟换旱田，如果所有的豌豆都倒上鸡粪，不是会有更多的金豆子吗？"

哥哥说："对呀，你真聪明。"

柱子总是听哥嫂的话，就用旱田和他们交换了好田。哥嫂换来旱田，种上豌豆以后，就每天拍打老公鸡，想得到更多鸡粪，好倒在每棵豌豆下面。老公鸡受不了就逃回柱子家，柱子看见老公鸡回来了，高兴极了。

哥嫂等不及豌豆长大，就把每一棵的豆荚一股脑儿采下，找了一个特大的锅来煮，忙得满身大汗。夫妻俩一夜没睡，守在锅边，不时打开锅盖瞧瞧。突然锅里发出"毕毕剥剥"的响声，哥嫂跳起来，打开锅盖，果真看见一片耀眼的金光，不禁高兴地大笑。

他们刚把碧绿的豌豆荚捞起来，还没剥完呢，金豆子却猛然蹦出豆荚，往上一弹，全都嵌进他们的脸上。哥嫂被金豆子打得又烫又疼，连忙去把金豆子挖下脸来，但是不管怎么挖，怎么抓，那些豆子就好像在他们脸上生了根似的，总弄不下来。

哥哥气得骂嫂嫂："都是你出的好主意，现在闹到这步田地，怎么办？"嫂嫂说："别讲了，你看我这张脸，怎么见人啊。"

他们乱成一团的时候，天渐渐亮了。柱子像平常一样，带着老公鸡来看哥嫂。他一进门，看见哥嫂满脸金光闪闪，不禁张大嘴巴，吃惊得说不出话来。站在柱子旁边的老公鸡却一拍翅膀，飞到哥嫂面前，用它的尖嘴"啄啄啄"几下子就把哥嫂脸上的金豆子都啄下来，吞进肚里去了。

哥嫂这才松了口气，忽然又想到金豆子都被老公鸡吃了，两人便一起上前去抓老公鸡，想杀了它，拿出在它肚子里面的金豆子。但是老公鸡一拍翅膀，迅速飞出窗外，就再也找不到了。

到了这时候，哥嫂两人的好田已经换了旱田，又得不到金豆子，好好的脸还变成了凹凸不平的大麻脸，真是懊悔极了。

聪明的阿布纳瓦

传说很久以前，在埃塞俄比亚有一个叫阿布纳瓦的人，人们都知道他很聪明。一天，阿布纳瓦来到皇帝居住的城市，他走到皇宫门口要求工作。

"你看上去很结实，"皇帝说，"就做守卫吧！"

皇帝发给阿布纳瓦武器，阿布纳瓦当了皇宫的守卫。

一天，皇帝把阿布纳瓦叫去说："我要出去了，你好好看守皇宫的大门。"

"我一定看好。"阿布纳瓦说。

皇帝和他的随从骑着马走了。阿布纳瓦坐在皇宫的大门边，看着大门，他觉得很寂寞。他听到从城里传来的跳舞的音乐，便自言自语说："皇帝又没说不让我跳舞。"

阿布纳瓦把门从门框上卸下来，背着它来到了人们跳舞的地方。整个晚上，阿布纳瓦又唱歌又喝酒，直到天亮他才背着门回到皇宫。但是，当阿布纳瓦不在时，小偷们到皇宫里偷走了许多东西。

皇帝回来后很生气，他派人把阿布纳瓦叫来。皇帝问："我不是让你看守我的宫殿吗？"

"哎呀，"阿布纳瓦说，"你只叫我看门，我一直看着它呢。你可没说要看宫殿呀。"

"好哇，你真会说话！"皇帝说，"明天你将受到惩罚！"他把仆人叫来说："把这家伙带出皇宫埋起来！"

仆人们把阿布纳瓦带了出去，他们在皇宫外面挖了个坑，把阿布纳瓦推进坑里，填上土，只让他的头露在外面，然后，他们走开了。整个晚上，阿布纳瓦就这么站在坑里，手脚都动不了。天亮了，一个驼背商人牵着一队骆驼走过来，他看见阿布纳瓦就停了下来。

"你好，"商人说，"你在这里面干什么？"

"你好，"阿布纳瓦说道，"我正在拉直身子呢。"

"怎么拉直？"

"唉，我背驼了，昨天皇帝的医生把我埋在这里，为的是把我的背弄直。"

"你真幸运，认识皇帝的医生。"商人说，"我的背也驼了，不知道能不能治好。"

"就这样可以治好你的驼背。"阿布纳瓦说，"我现在感觉腰跟长矛一样笔直。"

"如果你让我站到你的坑里去，你要什么我给你什么。"商人说。

"你愿意把所有的骆驼给我吗？"阿布纳瓦问。

"我可以给你一半。"

"那好吧，一言为定。先把我挖出来。"阿布纳瓦说。

商人把阿布纳瓦挖了出来，他自己跳了下去。阿布纳瓦在他四周严严实实地埋上了土，只剩头露在外面。

"我永远不会忘记你的好意。"商人说。

"但愿你一辈子都不忘记。"阿布纳瓦说。他牵走了全部骆驼，而不是一半。

过了一会儿，皇帝的仆从们来了，他们以为商人就是他们昨晚埋的那个人，把他挖了出来，拖着他在沙地上来回走，还用木棒打他。商人不断地喊道：

"行了，我的背已经直了！行了，我的背已经直了！"

"这是谁？"皇帝问。

"阿布纳瓦。"仆从们回答说。

"不，我不是阿布纳瓦！"商人喊道。他向皇帝讲了事情的经过。

"啊，阿布纳瓦真是聪明！"皇帝说，"但我还要考考他，看他究竟有多聪明。"

皇帝转身对传令兵说："你们去把阿布纳瓦找来，不管他在什么地方，一定要找到他。你们对他说，'皇帝命令你立即去见他。但是你去见皇帝时，既不能光身子，也不能穿衣服；既不能步行，也不能骑牲口。'"

传令兵离开了皇宫，不久他们找到了阿布纳瓦，向他转达了皇帝的命令："你既不能光身子，也不能穿衣服，既不能步行，也不能骑牲口。"

然后，传令兵们回到皇帝那里，告诉皇帝说他们找到了阿布纳瓦。消息传开了，人们聚集在皇宫门口，都想看看究竟皇帝怎么难住阿布纳瓦。

"他来了！"有人叫了起来。大家都伸长了脖子。果然，阿布纳瓦出现了。人群中有一个人扑哧一声笑了起来，接着笑声传开了。原来阿布纳瓦没穿衣服，却浑身上下围了一张渔网。他一只脚踩在马镫上，另一只脚踩在地上，马往前走一步，他用一只脚跳一步。

皇帝一看就泄了气。当人群中的笑声停止后，皇帝说话了："阿布纳瓦，你的恶作剧该收场了。你虽然聪明，但很讨厌。我可以不处罚你，但有一个条件：你以后再也别让我看到你这张脸！"

于是，阿布纳瓦走了。

几天之后，皇帝骑着马穿过大街，他一来到露天市场，每个人都面对着他鞠躬。但在人群中却有一个人用背对着皇帝。

皇帝十分生气，他说："把那个背对着我的人带来！"

卫士们抓住了那个人，把他带到皇帝面前，这个人正是阿布纳瓦！

"啊，是你呀！你竟敢用背对着我！"

"咦？我只不过是执行你的命令罢了"阿布纳瓦说，"你叫我不要让你看见我的脸，所以我就转过了身。"

"你的舌头还这么厉害。你太无礼了！"皇帝说，"现在我最后一次命令你：立即离开埃塞俄比亚！只要你再踏上埃塞俄比亚的土地，我就绞死你！"

阿布纳瓦走了，人们因为聪明的阿布纳瓦战胜了皇帝笑了好几天，但是他们也为阿布纳瓦受到的惩罚叹息。

一天，城里庆祝节日，街上挤满了乡下来的农民，皇帝骑着马上街，在露天市场门口看到了阿布纳瓦。

皇帝骑着马走到他面前，举起一只手要大家安静。

"埃塞俄比亚人民，"皇帝说，"实在太扫兴了，今天我不得不绞死一个人。"他转过身对阿布纳瓦说："看来，你是忘了我最后的命令了！"

"没有，我没有忘记。"阿布纳瓦说，"你命令我不许再踏上埃塞俄比亚的土地。"

"那你怎么还在这里？"

"我忠实地执行了你的命令。"阿布纳瓦说，"我按照你的命令离开了埃塞俄比亚，我到了埃及，把埃及的泥土放进了我的鞋子，从此，我脚下踩的就总是埃及的土地了。"

最珍贵的财富

有那么一个青年人，总是抱怨自己贫穷，命运不济。他常常自怨自艾地说：

"我要是能有一大笔钱该有多好！那时候我可以舒舒服服的生活。"

这时，正巧有一位老石匠从旁边走过。听了他的话，老人问道：

"你为什么要抱怨呢？要知道你已经很富有了！"

"我有什么财富?"青年人困惑不解,"我的财富在哪里?"

"比如你的眼睛,你愿意拿出来一只眼睛换些什么东西吗?"老石匠问。

青年人慌忙说:"你说的什么话?我的眼睛是给什么也不换的。"

石匠说:"那么让我来砍掉你的一双手吧!我可以给你许多黄金。"

"不,我也决不用自己的手去换取黄金。"

这时候老石匠说:"现在你看到了吧,你十分富有。为什么你还总抱怨命运不佳呢?记住我的话:力量和健康,这就是无价之宝,是金钱难以买得到的。"说完老石匠就走开了。

孩子和三色鱼

好几百年以前,在蔚蓝的天空下,在一片茂密的森林里,有一座小房子。房子里住着三口人:丈夫、妻子和一个小男孩。孩子整天和小伙伴们玩耍,在森林里跑东跑西。晚间父亲教他识字。

这一年遭了灾,母亲对他说:"孩子,咱们家断炊了,你该帮助父母做些事情了,去海里打些鱼吧!"

孩子拿着渔网来到海边。他撒下网,过了一会儿拉起渔网,发现网里只有一条三种颜色的小鱼,小鱼身上有金色、红色和蓝色的条纹。

小鱼祈求似的望着他，开口说了话："把我放回大海吧，孩子。我可以赠给你一把神奇的剪刀，你用它随便剪个什么，都会变成真的。"

孩子觉得又荒唐又可笑，但是出于怜悯，他把三色鱼放回大海。突然，他发现自己手中真的有一把剪刀。剪什么呢？他信手捡起一片刚刚飘落在地的树叶，用树叶剪了一座宫殿。真怪，眼看宫殿逐渐变大，终于化作真正的金碧辉煌的宫殿。孩子觉得四周过于空旷冷清，于是找来各种颜色的树叶，剪成花草树木。宫殿周围立刻出现了一个百花争艳的大花园。

孩子跑回家去，用纸给爸爸妈妈和自己剪了不少衣服。他们很快都穿上了丝绒绸缎，住上了宫殿，过上了富足的生活。

过了不久，孩子便感到寂寞和烦闷：母亲不允许他走出花园，不让他和过去结交的穷孩子再见面，没有人同他玩游戏。母亲总是唠叨："小心你那套新衣服！别弄脏！"不让他再去森林，不许他到田野里去劳作，甚至不让他再去看看蔚蓝的大海——母亲担心三色鱼会讨回那把神奇的剪刀。

孩子厌倦了这乏味的生活，当他听到远方传来的小朋友的嬉笑声时，他更加渴望和他们在一起，同他们一起上山拾柴，玩耍。

一天夜里他偷偷溜出宫殿，钻出花园，跑到海边。他大声呼喊：

"三色鱼，你在哪里？我来告诉你，我不想要宫殿了！你快来帮助我吧，三色鱼！快把昔日的生活归还给我！"

话音刚落，三色鱼便游了过来。

"我的朋友，我可以满足你的愿望！"三色鱼说，"你现在富有而且名扬四方，但是如同你认识的那样，不劳而获的财富不会给人带来幸福和欢乐。明早当太阳升起的时候，你把剪刀扔进大海，然后连吹三声口哨。这样，你便又会过上从前那种幸福的生活了！"

第二天，东方泛起朝霞的时候，孩子把剪刀投进大海，并且接连打三声呼哨。当他回到家时，宫殿已经无影无踪，母亲正站在自家的茅屋前，像过去一样等待着他。看见他回来，母亲高兴地笑了。

扔石头的故事

从前有个富人，他有一幢大房子，房子周围是一座美丽的花园。为了美化他的住宅，仆人们从花园里掘出不少石头，富翁就叫他们把石头扔到墙外的路上去。每天都是这样，仆人们掘出来的石头，统统扔到墙外人们经过的路上了。

一天，富翁站在大门口，仆人们又和往常一样扔石头。附近村里的一个老人从这儿走过，他停下来对富翁提出抗议。

"你为什么把石头从不是你的地方扔到你的地方去？"他问。

"你说些什么呀？"富翁说，"你不知道这幢大房子和周围的园子都是我的吗？我的土地一直伸展到这垛墙为止。墙外的路跟我毫不相干。"

邻村的老头摇摇头。

"上帝对你太好了，以致你看不到生活中没有一件事是永恒不变的。"老人说完就走了，让富翁去思索他的话的意思。但富翁并没有思索多久，他马上又在他的仆人们中间走动着，鼓励他们从花园里清除更多的石头，扔到墙外去。

一年年过去了。花园里的石头已清除得一干二净。不知怎的，富翁的运气开始变了，他渐渐失去了他的财富。过了一个时期，他不得不把他珍贵的花园卖掉一部分。这样，一次一次地出卖，最后，他把房子也卖了。他变得衣衫褴褛，穷困不堪，和那些最不幸、最悲惨的乞丐们并没什么两样。

现在他已经老了，有一天，他从那幢曾经是他的大房子前面走过时，路上的石头绊倒了他，并扎伤了他的光脚。

他站住了，站在那道他记得很清楚的围墙外面。他在路旁坐下来，歇歇他那又疼又酸的脚，这时，他记起了那个邻村老人很久以前说过的话："你为什么把石头从不是你的地方扔到你的地方去？"

红山的故事

从前，在新加坡的沿海有许多箭鱼，这些箭鱼引起了许多麻烦。有时，它们从海里跳到船上，杀死渔夫。这种箭鱼如此之多，以至于王公决定要消灭它们。

于是，王公就把他的军队带到海边，与箭鱼开战。有许多人前来观看这场战斗，其中有一个非常聪明的小男孩。这个小男孩看见士兵们都穿着漂亮的军服，他们长长的刀剑在阳光下闪闪发亮。他暗暗想道：自己长大了也要当一名士兵。

在队长发出命令以后，士兵们在海边站成一排长队，等候箭鱼发起攻击，不一会儿，箭鱼从海水里又蹦又跳地飞过来了，它们就像海潮一样涌了过来。这些箭鱼用它们头上的又长又尖的剑枪，穿刺士兵们的身体，不少士兵都死去了。

小男孩忽然发现王公很伤心地坐在一棵大树下，他朝王公跑过去说道：

"先生，我想我知道怎样挡住箭鱼。"

"小孩，你知道？真的？"王公一边问着，一边看着那孩子赤裸的双脚和褴褛的衣服。

"是的，先生，告诉战士们把那边的椰子树砍倒，然后把它们绑起来做成一堵墙，就可以挡住箭鱼。"孩子说道。

"这真是一个绝妙的主意！"王公高兴地说道。然后他把脸转向队长说："你们为什么没有想到这一点呢？命令你的战士们立即行动！"

在向士兵们下达命令之前，队长生气地看着那个小孩。

士兵们把椰子树砍倒，用结实的绳子将它们连在一起，又用更多的绳子把这堵树墙拖到海边。这一次，箭鱼袭来时飞出海水，将头上的剑枪刺进了椰子树墙，箭鱼活动不得，因此士兵们很容易就把它们杀死了。

"干得好啊，战士们！"王公对士兵们说。"谢谢你，小孩！"他又向那个小孩说道。

小孩向王公鞠了一个躬，就朝自己的家跑去了，他的家在海边的一座小山上。王公沉思地看着他离去，"那真是一个聪明的孩子！"他向队长说道。

队长仍在生气，因为那个孩子使他显得很愚蠢。"先生，也许他太聪明了。聪明的孩子会成长为危险的人物！"

王公在思考着这个问题，他越想越觉得很担心。几天以后，队长又来见他。

"先生，那个小男孩使我感到不安。有朝一日他会给我们造成不少麻烦。"

"你说得对，队长。"王公说，"我觉得我们应当除掉他，免得将来后悔莫及！"

"好！今天夜里，我就去干这件事。"队长说道。

那天夜里，队长带着他的几个士兵，爬上了那个小孩住的山，他们悄悄地走进他的屋子，用他们的刀剑把他杀死了。

小男孩的鲜血，从山上漫了下来，整个山很快都变成了红色，一直到现在这座山还是红的。人们都非常怀念那个小男孩，痛恨王公的作为，就把这个地方叫作红山。即使在今天，他们还记得那个聪明的小男孩的故事，是他阻挡住了箭鱼的进攻。

智擒强盗

华克和加西亚在森林里迷了路，又饥又渴。

忽然，他们发现不远处有一间小木屋，非常高兴，不顾劳累，快速走到木屋前。

"瞧！这里有好几棵果树呢！我们先摘些填填肚子吧！"华克说着，便和加西亚伸手去采果子。

"谁胆敢偷吃我的果子？"一个红胡子大汉突然出现在他们面前。

"对不起，我们打猎迷了路，好几天没吃东西了，您就行行好吧！"华克恳求说。

大汉瞧了他一眼，说："你给我送封信回家，我就让你们吃个饱。"华克点点头。

大汉很快在一张纸上写了几行字，装进信封，交给华克，说："我家就在前面那座山上。到家后，你就把信交给我老婆。记住！路上千万不可拆开信看。"

华克拿着信独自上路了。走到半路，他好奇地拆开信，想知道大汉究竟写了些什么。

"天呀！"华克看完信，吓得面色苍白，冷汗直流。

信这样写着：

"等送信的少年一到家，你就立刻把他杀掉，用他的肉做包子，等我明天回来吃。红胡子哈巴巴。"

红胡子哈巴巴不就是那个杀人不眨眼的强盗吗？华克把信撕了，另外写了一封信：

"等送信的少年一到家，你就把牛杀了，做些菜给他吃。明天让他带些牛肉给我。红胡子哈巴巴。"

华克来到红胡子家，把信交给他老婆。他老婆急忙杀了一头牛，热情招待华克饱餐了一顿。

第二天，华克骑上红胡子老婆备好的驴子，带着牛肉回去了。红胡子见华克安然无恙，十分惊讶。过了一会，他又叫华克送封信给他老婆。

华克走到半路，又拆开信，念道：

"你这个笨女人，为什么不杀了他？如果再不照我说的做，我就砍掉你的手脚！"

华克连忙另外写了一封信：

"你送来的牛肉很好吃。你今天杀一只羊好好招待他，明天叫他带些食物给我。"

红胡子的老婆立刻杀了一只羊款待华克。

第二天早上，华克带着食物回来了。红胡子大吃一惊，弄不清到底怎么回事。过了几天，红胡子对他俩说："你们跟我回家去，我会好好招待你们的。"

三人来到红胡子家，都很累了，早早地上床歇息了。华克等红胡子夫妇睡熟了，就悄悄对加西亚说："红胡子决不会放过我们的，我们快从窗口逃出去吧！"

两人摸黑跳出窗子，拼命地往前跑。天亮时，他们已经来到一个热闹的小镇上。他们走过城门，看见那儿围着一群人在看布告，便凑了上去。只见布告上写着：

"强盗红胡子哈巴巴经常杀人抢劫，如果谁捉住了他，国王愿把公主许配给他。"

华克决心捉住这个强盗，为民除害。他扮成一个老人，扛着锄头，向红胡子的小木屋走去。来到木屋前，他举起斧子砍起树来。

红胡子听到外面有动静，便走了出来。

"老头儿，你砍树干什么？"

"我们镇上有个坏蛋死了，他家人叫我替他做一口棺材，所以我就来这儿砍树了。"

"那坏蛋叫什么名字？"

"华克。"

一听是华克，红胡子乐得手舞足蹈，说："我最恨这个坏蛋了！他死了真叫我高兴！""来！我帮你一起砍吧！"红胡子取来斧子，同华克一起砍了起来，半天工夫，一口棺材做好了。

华克看了看棺材，说："不知道这口棺材是否装得下人？也不知道盖子是否盖得紧？你能不能睡到里面去试试？"

"行啊！"红胡子说完，便钻进了棺材。说时迟，那时快，华克赶紧用力盖上盖子，并用长钉把棺材钉死。

"你干什么啊？想把我憋死啊！"红胡子在棺材里拼命

敲打。

华克取出一根粗绳子，把棺材系好，然后拖着它向小镇走去。镇上的人看见华克拖着一口棺材回来，都兴高采烈地跟在后面，直到华克把红胡子交给官府，大家才散去。国王听说华克捉住了红胡子，非常高兴，不久就把公主嫁给了他。

国王去世后，华克继承了王位，把国家治理得井井有条，人民都很爱戴他。

星星银币

从前有一个小姑娘，她是个孤儿。她很穷，没有一间小屋可以让她住下，没有一张小床可以让她躺下，后来，她除了身上的衣服和手里一小块面包，别的什么也没有了，而这块面包还是一个有同情心的人给她的。

可是，她却非常善良，而且相信明天会比今天好。

她独自来到田野上。这时，她遇见一个穷人。穷人说："给我一点儿吃的吧，我快饿死了。"

小姑娘立刻把手里的面包全给了他，温柔地说："你吃吧。"说完她就走了。

后来，小姑娘遇见了一个孩子。孩子说："风好大，我的脑袋冻得吃不消了，你能帮帮我吗？"

小姑娘立刻脱下帽子，双手递给了孩子。

她继续走了一段路，又来了个孩子。孩子衣衫单薄，浑身发抖，小姑娘就把身上的大衣送给了他。

她又走了一会儿，又有个孩子向她要毛衣。她从身上脱下给他。

最后，她进了一座森林。天已经黑了，对面却又走来一个孩子，向她讨一件衬衣。

善良的小姑娘想："天色反正黑了，没有人能看见你，你完全可以把衬衣给别人穿。"于是，她脱下了衬衣，递给了孩子。

当她站在那儿，身上只有薄薄的小背心时，她冻得发抖。谁知天上的星星一下子全都落了下来，原来这些星星，都是亮晶晶的银币。

她虽然把自己的衬衣送给了别人，这时却穿上了一件崭新的衬衣，而且是用非常细的亚麻布做成的。

小姑娘把所有的银币都收集起来。后来，她过得很富裕，并且一如既往地帮助别人。

东坡肉

苏东坡在杭州做刺史的时候，治理了西湖，替老百姓做了一件好事。

西湖治理后，四周的田地就不怕涝也不愁旱了，这一年又风调雨顺，杭州四乡的庄稼获得了大丰收。老百姓感谢苏东坡治理西湖的功绩，到过年时候，大家就抬猪担酒来给他拜年。

苏东坡收下很多猪肉，叫人把它切成方块，烧得红红的，然后再按治理西湖的民工花名册，每家一块，将肉分送给他们过年。

太平的年头，家家户户过得好快活，这时又见苏东坡差人送肉来，大家更高兴了，老的笑，小的跳，人人都夸苏东坡是个贤明的父母官，把他送来的猪肉叫作"东坡肉"。

那时，杭州有家大菜馆，菜馆老板见人们都夸说"东坡肉"，就和厨师商量，把猪肉切成方块，烧得红酥酥的，挂出牌子，也取名为"东坡肉"。

这新菜一出，那家菜馆的生意就兴隆极了，从早到晚顾客不断，每天杀十头大猪还不够卖呢，别的菜馆老板看得眼红，也学着做起来。一时间，不论大小菜馆，家家都有"东坡肉"了。后来，就把"东坡肉"定为杭州的第一道名菜。

苏东坡为人正直，不畏权势，朝廷中的那些奸臣本来就很恨他，这时见他得到老百姓的爱戴，心里更不舒服。他们当中有一个御史，就乔装打扮，到杭州来找碴，存心要陷害苏东坡。

那御史到杭州的第一天，在一家菜馆里吃午饭，点菜时看到"东坡肉"时，他皱起眉头，想了一想，不觉高兴得拍着桌子大叫："我就要这一道菜！"

他吃过"东坡肉"，觉得味道倒真是不错，一打听，知道

"东坡肉"是同行公认的第一道名菜，于是，他就把杭州所有的菜馆的菜单都收集起来，兴冲冲地回京去了。

御史回到京城，马上就去见皇帝。他说："皇上呀，苏东坡在杭州做刺史，贪赃枉法，把恶事都做绝啦！老百姓恨不得要吃他的肉。"

皇帝说："你是怎么知道的？可有什么证据吗？"

御史就把那一大沓油腻的菜单呈了上去。皇帝本来就是个糊涂蛋，他一看菜单，就不分青红皂白，立刻传下圣旨，将苏东坡降职，远远地发配到海南去充军。

苏东坡被降职充军后，杭州的老百姓忘不了他的功绩，仍然像过去一样赞扬他。就这样，"东坡肉"也一代一代地传下来，直到今天，还是杭州的一道名菜。

聪明的农夫

从前有个皇帝，自以为聪明无比，便向全国发了一道文告："有谁能说一件荒唐事，使我说他是撒谎的，那我就把江山分给他一半。"

一个商人对皇帝说："万岁，我有一把宝剑，只要往天上一指，星星就会落下来。"

皇帝说："这有什么稀奇，我祖父的烟斗，一头衔在嘴里，一头能跟太阳对火呢！"商人怏怏地走了。

一个地主对皇帝说："万岁，我本想昨天来见您，只是闪电把天撕破了，漏起雨来，我赶忙把它补好，所以，今天才来，请您原谅呀！"

皇帝笑了："你的手艺不好啊，今天还有小雨哩！"地主也怏怏地走了。

最后，来了一个农民，他说："皇上，您答应把女儿许配给我，还要用一斗金子陪嫁，现在，该兑现了吧？"

皇帝听了，脸色惨变，呆若木鸡，半天说不出来，最后，只好把女儿嫁给了这个聪明的农夫。

穷人和法官

有一天，一个穷苦的人骑着马去旅行。中午，他感到又渴又饿。于是，他就把他的马拴在一棵树上，然后坐下来吃午饭。这时，一个有钱有势的人也来到这个地方，并把自己的马也往同一棵树上拴。

"请不要把你的马拴在这棵树上。"穷苦的人说，"我的马还没有驯服，它将会踢死你的马！"

但是，这个有钱有势的人却回答说："我愿意把我的马拴在哪里就拴在哪里！"就这样，他把他的马拴牢后，也坐下来吃午饭。然而，不一会儿，他们就听到了可怕的嘶叫声，并看到两匹马踢咬起来。两个人向马奔去，但已经迟了——有钱有势的人的马已被踢死了。

"看到你的马做的好事了吧!"有钱有势的人咆哮道,"你必须赔我一匹马!"说着,他拉着穷人就去见法官。

法官问穷人:"你的马真踢死他的马了吗?"穷人什么也没回答。接着,法官又对穷人提出了许多问题,穷人还是一字不答。最后法官颓丧地说:"这有什么办法呢?他是个哑巴,不会说话。"

"哦,"有钱有势的人惊奇地喊道,"他可以像你我一样讲话呀!我刚见到他时他还说话呢!"

"真的吗?"法官问道,"他说什么啦?"

"当然是真的!"有钱有势的人回答说,"他告诉我,不要把马拴在他拴马的那一棵树上。他的马还没有驯服,如果拴在一起,他的马会踢死我的马的。"

"哎呀!"法官说,"这样说来你是无理的了,因为他事先曾警告过你。因此,现在他是不应该赔偿你的马的。"

这时,法官又转向穷人,问他为什么不答他的所有问话。

穷人说道:"因为我知道,你宁愿相信有钱有势人的万语千言,也不愿相信穷人的只言片语。同时,我想让他告诉你事情的所有过程。你看,现在你不是已经弄清谁是谁非了吗?"

农民是怎样找到真理的

从前，有一个有钱有势的公爵，他家的仓库里堆满了金银财宝，装钱的柜子排了一行又一行，个个都装满了金光闪闪的金币，他的财富真是数也数不清！

他的房子盖在一座小山顶上，四周有高高的围墙，墙角上还有四个钟楼。围墙外面是一圈灌满了水的大水沟。

这个公爵又凶残又任性，他狂妄地说：

"我的仓库里堆满了黄金，我的房子是全国最高的，我是一个最显赫的公爵，我想干什么，就一定要办到！"

有一天，公爵巡视了一遍自己的领地，发现小山岗的那一边还有一个村庄，那小小的农舍处在绿荫之中，周围还星星点点地有一些畜棚、草棚和水井。

公爵慢慢悠悠地把那个地方仔细看了一遍。那儿的房子整整齐齐，干草垛得井井有条。院子里，鸡群和鹅群在欢快地歌唱，四周还围有一圈非常别致的金色的篱笆墙。

"这个小村子倒是不错呀！"公爵一边赞赏，一边骑着他的千里马来到房前。主人在门口恭恭敬敬地迎候他。

公爵傲慢地说：

"喂，我已经看中了你的这个农舍，你是不是愿意把它卖给我呀？"

"请原谅，我的大人。"农民回答说，"我不能把它卖给你。这里住过我的父亲母亲，我的爷爷奶奶。我家祖祖辈辈都住在这里，我还想在这里度晚年呢。我死了之后，我的子子孙孙还要在这里住下去，你说，我怎么能把这座房子卖掉呢？"

"你这个无礼的家伙！"公爵发起火来，他已经打定了主意，无论如何也要把这个农舍弄到手，"你怎么敢同我尊贵的公爵大人顶嘴？好了，我给你一个期限：明天早上如果你还不能满足我的愿望，你就绝不会有什么好下场！"公爵威胁了一阵，就骑着马回去了。

农民摇了摇头。他丝毫都不害怕。他想：

"只要我自己拿定了主意，公爵再威胁我也没有用！"

第二天一大早，公爵就骑着马过来了。他老远就喊：

"喂，老乡，你想好了没有？同意把房子卖给我吗？"

农民很有礼貌地向他欠了欠身子，说：

"老爷，我昨天已经回答你了，这所房子我不能卖。"

"什么，你不卖？"公爵冷笑着说："好吧，那你就等着瞧吧，我要把它夺过来！"

公爵气得满脸通红，把鞭子一挥，就找法官去打官司。

法官们知道公爵有钱有势，谁都不敢得罪他，连连向他鞠躬，虔诚得脑袋都快要碰到地上了。他们低三下四地说：

"卑职不敢用自己平庸的眼睛抬头看您，公爵大人！"

公爵向他们喝道：

"我先不管这些规矩，我是找你们打官司来的！"

他就把自己要买农舍的事情说了一遍。

法官们连忙献媚地说：

"这个案子再简单不过了，我们马上就能判决！"

法官们把农民传到法庭，先是一顿恐吓：

"你这个傻瓜，公爵大人给你钱你还不要，胆敢硬顶！你那个房子有什么可宝贵的？还是趁早同意了吧！"

"我怎么能同意呢？"农民说，"这所房子虽然普通，可是这里住过我的父亲母亲，住过我的老祖宗！我自己要在这里住到老，还有我的儿子、孙子，他们也要在这里住下去！你们这些法官都是一些有学问、懂道理的人，你们怎么能叫我把房子卖掉呢？"

法官们对他说：

"你这个乡巴佬简直是脑袋发昏，敢跟公爵大人对抗。既然这样，那么就只好打官司了。其实，公爵大人随时都可以把你的房子拿到手，揪着脖子把你撵走。不过，公爵大人讲究正义，他吩咐我们要秉公判案，我们就只好审理你们这场官司了。"农民说："我和公爵之间哪儿有什么官司好打呀？他有他的房子，我有我的房子，真是井水不犯河水。不过，既然要打官司，你们就把良心摆正了，评评谁有理吧！"

法官们开始审案子了，他们审了一天又一天，一个礼拜过去了，案子还没有审完。对于公爵来说，这无损于他一根毫毛。他派了一个忠实的狗腿子代他出庭，狗腿子竭力为公爵辩护，一张油嘴说个不停。可是，农民却耽误不起，他有一大堆农活要干，还要运柴火，钉马掌，哪样事情不是他亲自动手干呀！经不住这么多的折磨，他瘦了许多，眼窝都陷下去了。但是，他认为自己有理，还是一口咬定不卖这所房子，不管法官们怎么说，都寸步不让。

后来，法官对他说：

"我们为你们忙了这么多天，是为了把案子判得公正。现在你该向我们付钱了！"

"我为什么要付钱呢？"农民说，"我没有钱！这场官司也不是我要打的！"

这时候，公爵的狗腿子连忙塞给法官一袋金币，说：

"这是给法官先生的报酬，谢谢你们主持公道，审了这么多天！"

法官拿到了钱，立即把房子判给了公爵，硬逼农民搬到别处去住。

农民气急了，对他们说：

"唉，你们这群法官真昏庸，都像你们这样审案子，世界上就没有讲理的地方了！说不定天上还有一个法官，他会惩罚你们的！"

法官们哈哈大笑。年纪最大的法官对他说：

"乡巴佬，你胡说些什么呀！天上哪里有什么道理？真理早就死亡了！"

"原来是这样！"农民说："从前还有地方讲理，现在连个讲理的地方都没有了，真叫人伤心！"

"快走开！快走开！"法官们说，"快回去把房子让出来吧，公爵大人的忍耐是有限度的！"

农民二话不说就走了。他没有回家，而是一直往城里去。城里有一个国王，王宫附近有一座教堂，教堂旁边有一所小房子，房子上只有一个小窗户。

农民敲了敲这个窗户，房子里面住着他最最需要的敲钟人。

"敲钟人，你好啊！"农民向他问好，并深深地向他鞠了一躬。

"你好，你为了什么喜事来敲我的窗呀？是儿子娶亲，还是女儿出嫁，要我替你敲喜钟啊？"敲钟人回答说。

"亲爱的老人，不是为了什么喜事，而是一件伤心的事。"

他把自己所受的委屈向这位老人说了一遍，请求说：

"我剩下的钱不多，你就把它收下吧！请你替我把所有的钟统统敲响，要敲成一个悲哀的调子，就像死了一个最重要的人物一样。老大爷，你去敲吧，快去敲一首祈祷的曲子！"

老人去了，他把大、中、小钟一起敲响，连最小的一口钟也没有放过。

"当当当……"顿时，令人心碎的悲哀的钟声传遍了整个城市、整个王国。

路上的行人停了下来，在家里的人全部跑了出来。

"发生了什么事？死了什么人？今天给谁送葬？"

人们你问我，我问你，谁也回答不上来。

老人还是敲个不停，而且调子越来越悲哀。大家都向广场跑去。

国王也听到了钟声，他也问：

"今天死了什么人？给谁敲丧钟？"

大臣们都摆摆手，回答说，他们什么也不知道，什么也没有看见。

国王派了一个走得飞快的仆人到广场上去探听。广场上人山人海，他好不容易才挤到钟楼前面，看到一个农民走过来，仆人连忙拉住他问：

"快告诉我，是谁死了？大家在给谁送葬？"

"真理死亡了，敲钟的老人正在叫大家为真理祈祷呢！"农民回答说。

人群喧闹起来，愤怒的呼声淹没了钟楼上发出声音，愤怒的人们从广场出发，一起向王宫跑去。

仆人回来后，连忙向国王报告：

"原来是真理死了，刚才是为真理而敲的丧钟。现在，老百姓正向王宫涌过来呢。"

国王一听，吓得不知如何是好。

愤怒的人群已经越来越近了，大臣们慌忙关上窗户，关上大门。

首相是这个国家最聪明的人，他替国王出了一个主意：

"陛下，你不能把自己关在王宫里，现在已经没有选择的余地了，只有一个解救的办法。"

首相附在国王的耳边，教了他一个诡计。国王穿上外衣，就到王宫门前去迎接人民。没等大家开口，国王自己先说话了："善良的人们，我一切都清楚了。你们以为真理已经死亡了吧？不，它没有死亡！它正在睡觉呢，我现在就去叫它起来！"

国王传下命令，要公爵把房子还给农民，并且把傲慢的公爵和受贿的法官统统绞死。

人们都回家了，农民也回到自己家里。国王又回到王宫，继续处理他的国家大事。

不知道过了多少时间，国王心里的恐惧消失了，那个农民的名字大家也早就忘掉了。

一切如旧，人们还在自己的家里，国王还在他的王宫里，公爵还住在他的城堡里，法官在继续开庭审判，可是，哪儿也找不到一块公正的地方，真理又死亡了。

不靠力气，而要靠智慧

有一个人到森林里去砍柴，砍了一会儿，他坐在树桩旁休息。

一只熊走过来。

"喂，人类，让我们较量较量，行吗？"

砍柴人瞧了熊一眼，暗暗地想道：好一个庞然大物，我怎么能和他较量呢？只要他用爪子拍我一下，我就没命啦。

"嘿嘿！"砍柴人说道："我同你较量什么？让我先看一下，你是否有力气。"

"你要看什么？"熊问道。

砍柴人拿起斧子，在树桩上砍了几下，在树桩裂缝处嵌进去一个楔子，说道："你能用爪子将这个树桩撕裂，就说明你有力气。到那时候我才与你比武。"

"好吧！"熊稍微想了想，将爪子插入树桩的裂缝处。砍柴人连忙用斧背对准楔子狠狠地敲了一下，楔子跳了出来，树桩的裂缝处紧紧地夹住了熊的爪子，像铁钳子钳住一样。

熊号叫起来，用三只爪子在原地蹦跳着，但是另一只爪子怎么也拔不出来了。

"怎么样？"砍柴人说："你还同我较量吗？"

熊哭丧着脸道："不，我不敢。"

"等着瞧吧，"砍柴人说，"比武不仅靠力气，还得靠智慧。再见吧，熊先生。"

乡下医生

有一次，一个农民运一车干的白桦柴到市场上去卖。地主走到他的面前问他：

"你这一车稻草要多少钱呢？"

"哪里话，老爷，这不是稻草，这是白桦柴啊！"

地主拿起一根鞭子，在农民的背脊上抽了一鞭，再问他：

"那么，你这稻草要多少钱呢？"

"随便您，"农民说，"您给多少，就是多少。"

地主把一车木柴，按一车稻草的价钱付出以后，就走了。

第二次，这个农民带了一头牛到市场上去卖，又碰到了这个地主。

"你这头山羊要卖多少钱呢？"

"哪里话，老爷，这不是山羊，这是牛啊。"

地主抽出鞭子，把这可怜的人打了一顿，又问他：

"你这头山羊要卖多少钱呢？"

"随便您，老爷，您给多少就是多少。"

地主付给他一头山羊的钱。农民说：

"哪怕就让我把牛尾巴割下来也行。让我纪念自己曾经有过一头牲口吧。"

地主答应了。

"谢谢您这条尾巴！"农民说。他走开了一点儿，又叫了一声："等一等，老爷，你打了我两次了，为了这个，你自己会挨三次打呢！"

地主正要去抓鞭子，可是农民早已连影子都不见了。

不知道过了多长时间，地主想装一架风磨。农民听到了这个消息，就穿了稍微干净一点的衣服，剃掉胡须，拿了斧头等木工用具，打扮得像木匠一样，就到地主的建筑场来找工作。

地主和他一起到森林里去挑选木料。他们留下一个仆人看守马，另一个仆人就和他们一道到森林里去。

农民正仔细看着树木，忽然他掏了掏自己的口袋。

"啊，真糟糕！尺忘记带来了！"他说。

"不要紧，我叫仆人去拿尺。"地主安慰他。

仆人跑去拿尺，留下地主和木匠两个人在森林里等他。

"您的仆人这么久还不来。"木匠说，"哦，不要紧，我有别的法子来量树。老爷，您把树抱住，自己注意它的大小，再把手张开，我就用手指来量您两手之间的距离。"

地主双手抱着树，农民马上把地主的手绑住，从怀里把牛尾巴拿出来，问他：

"这是什么尾巴？"

"牛尾巴。"地主回答。

"你真是笨蛋！牛尾巴和山羊尾巴也分不清！"

他就用牛尾巴打地主！

然后，他指着树问他：

"这是什么？"

"白桦树。"

"真是笨蛋！稻草和白桦树也分不清！"

他又把地主打了一顿，他是尽他所有的力气打的。他临走，还说：

"你已经挨过一次了，还有两次留在我这里。"

仆人回来了，可是主人被绑在树上，几乎死了过去。他松了主人的绑，用水喷他，把他送回家去。

地主病倒了，他不好意思对医生承认是农民打了他，甚至还不让医生们好好地检查，医生们怎样也弄不明白他害的是什么毛病。

这位农民就粘上白胡子，穿上了一件长袍，把腌卷心菜的咸卤，倒在一个小玻璃瓶里，另一个小玻璃瓶里倒上些甜菜汁，再拿了三颗大麻的种子，动身去替地主诊治。他远远看见病人就说：

"您是被牛尾巴打了嘛。"

地主奇怪起来，任何一个城里来的医生都不能确定他的毛病，这个乡下医生却完全说得对。他请求农民好好地看一看，并且给他把病治好。

"要把洗澡间烧暖和，在那里好好发一身汗才行。"医生说。

地主吩咐把洗澡间烧热，仆人们把他带进洗澡间。医生也带着自己的药品来到洗澡间里，他把三颗大麻的种子交给仆人们说：

"快回家去，把这药放在有水的玻璃瓶里，你们轮流去搅拌它，一直到琉璃瓶里的水变成了白色为止。"

现在只有医生和地主两人面对面地留下了。他就从怀里拿出牛尾巴来问他：

"这是什么尾巴？"

"山羊的，山羊的！"地主叫起来。

"真是笨蛋！你难道看不出这是牛尾巴吗？你等一等，我来教你把牛尾巴和山羊尾巴认认明白！"

于是农民又把地主痛打了一顿，打得那家伙身上一块好肉也没有，临走还说：

"你已经挨过两次打了，还有一次暂时存在我这里。"

地主的病好容易才熬好了，这时候他只好对自己的医生们承认，说是这个农民打了他。他怕这个农民怕得要死，没有仆人在，他就哪里也不敢露面。

农民却又在开始准备第三次去教训地主。他听说地主已经复原了，而且准备去做感恩祈祷。

农民走到一个茨冈人那里，他有一匹快马，所以全区闻名。他对茨冈人说：

"你帮助我去打地主吧，你可以得到一个卢布。"

茨冈人答应了，打地主他为什么不去呢！

茨冈人穿着农民的衣服，骑着自己的快马，在矮树木里等地主来。他一看见地主的四轮马车，就叫起来：

"你挨过两次打了，还有一次在我这里！"

"捉住他，捆起来，把他打死！"地主吩咐仆人们。

仆人们跟在茨冈人的后面追，可是往哪里追去呢，茨冈人早已跑远了！这时候农民却从矮树林后面走了出来。他揪住地主的衣领，把他从四轮马车上拖出来，又把牛尾巴伸到他的面前，问他：

"喂，老爷，这是什么尾巴？"

"用不着问啦！"地主流着眼泪说，"你打吧，不要下毒手啊！"

农民又把地主打了一顿，临走还说："柴账和牛账我们已经算清了。可是瞧，我已经把你那老爷的毛病彻底治好了，你又欠下我一笔债啦！"

男孩和熊妈妈

离村子不远的山中居住着一只贪婪的熊妈妈，她总是袭击每一个过路的行人。她不让任何人到山里干活，还常常下山骚扰，偷偷地走进村子，一会儿抓牛，一会儿追马，一刻也不停，弄得家家鸡犬不宁。

村民们既不敢下地，也不敢将牲口赶到牧场，这都是因为熊妈妈太凶暴了。怎么办？于是大家决定想办法捕捉这个坏蛋。人们用铁器赶她，放狗吓她，但是毫无结果。

有一次，一个牧童来到村子里。这个男孩看到村民们都愁眉不展，就问道：

"善良的伯伯叔叔们，你们有什么难事吗？"

村民们给男孩讲了熊妈妈如何如何作恶，男孩听后就说："我要去抓住她。"

"请你不要自吹自擂！"人们对牧童说，"我们村里的年轻人，哪个不比你身强力壮，哪个不比你勇敢，他们也没有办法捕获熊妈妈！更何况你还是个孩子。"

"也许是这样。"男孩说，"这件事不仅仅是靠力气和勇敢，为了对付熊妈妈，还需要一点其他什么，我向你们发誓：我不但要抓住熊妈妈，还要将一只活着的熊带进村子。"

"你不要太早忙着夸口，只有在你将熊妈妈活着带来时，我们才会信服。"

"好吧！"牧童说完就径直前往熊妈妈居住的山中去了。

熊妈妈和熊儿子住在一间荒废了的木头房子里面。小男孩悄悄地走近了小木房，找了一个有缝隙的地方朝里面看了看，仔细地听了听，没有什么声息，显然熊妈妈不在家。他就大胆地去敲门了。"嘭、嘭、嘭！"熊儿子爬到门口开门一看，见到一个小男孩，问道：

"喂！小男孩，你到这儿找谁呀？难道你不害怕我的妈妈会吃掉你吗?"

"我害怕。"男孩回答说，"但是有什么办法呢！饥饿逼得我忘掉了害怕。我是一个孤儿，我到各个村子走动，我被雇给人家放牧，就这样来养活自己。现在人们都害怕你的妈妈，不敢把牲口赶到田里，这样我就无事可做了。我非常感谢你，请给我一点什么可吃的，然后我就讲故事给你听，作为对你的答谢。"

小熊看到男孩可怜，给了男孩一些食物。男孩吃完东西，就给小熊讲故事。故事一个比一个有趣，当讲到最精彩的地方，小男孩突然闭口不说了。

"讲呀，快讲下去！"小熊请求男孩说。

"不，我该走了。"男孩说道，"如果你的妈妈回来见到我，会吃掉我的！"

要知道小熊是那样的喜欢听神奇的故事，以致不想同小男孩分别，请求将刚才所讲的故事讲完。

"好吧，"男孩说，"我现在藏在顶楼上，你妈妈回来时，你就请求她不要伤害我，如果她同意了，我就下来继续讲故事。"

说完，男孩就爬上了顶楼，藏在那里。一会儿，熊姆妈回来了，于是小熊就向她请求："妈妈，今天有一个牧童来到这，给我讲了许多动听的故事，所以我不想放他走，但他害怕你要吃掉他。如果男孩再一次来到这里，求你千万不要伤害他，把他留下，和我们生活在一起，这样我就不会孤零零地坐在家里！我和男孩一起玩，再让他给我讲故事。"

"那好吧，我不伤害他。"熊妈妈同意了，"如果小男孩知道许多好的故事，那么我也想听听。"

小男孩听完这些话，就从顶楼爬下来，他继续讲动人的故事，他讲了一个又一个，整整讲一夜。熊妈妈听了故事也非常高兴，决定让小男孩住下来。

小男孩在熊妈妈家里住了一天、两天，他还是给他们讲故事，并且反复思考着如何才能抓住熊妈妈，最后，终于想出了一个妙计。趁熊妈妈出去的时候，他在屋顶上开了几个洞，这样一来，下雨时，雨水就从屋顶有洞的地方流进木房子，使得房间里像一条小溪，连一块干地方都没有了。

熊妈妈非常生气，唠唠叨叨地讲了一堆埋怨老天下雨的话。

"请不要生气，熊太太，我为你造一所新房子。"

小男孩拿了一把斧头，带上铁钉，走进树林，不几天造了一座新的房子，实际上是一只非常牢固的并装有轮子的大木箱。过了不久，天又下大雨了，小男孩对熊妈妈和小熊说："请你们快搬进新房子里去住吧！那儿干燥，很舒适。"

当熊妈妈一爬进箱子里时，小男孩就马上把门关好，加上一把大铁锁，接着使劲地推着箱子往村子走。这时候熊妈妈才明白中了圈套，她暴跳如雷，但是又有什么用呢？小男孩又是吹口哨又是唱歌，继续往前推。

"不要杀害我，男孩，我求求你放了我，从今以后我再也不干坏事了！"

小熊听了妈妈讲的话，感到很奇怪："什么事使妈妈这样害怕呢？"

"小男孩将我们带到他家里去做客，"小熊对妈妈说，"大家可以生活在一起，经常可以给我们讲故事！"

熊妈妈说什么也安静不下来，声嘶力竭不停地叫喊着。村民们听了都跑过来，他们看到熊妈妈关在一只箱子里！他们都想打死熊妈妈。

这时候男孩说道：

"我履行了自己的诺言——将熊妈妈活捉来了，希望你们能答应我的请求：将熊妈妈和熊儿子放了。熊妈妈已经表示愿意悔改。"

村民们想了想，互相征求了意见，都同意放了熊妈妈和熊儿子。

但是熊妈妈和熊儿子并没有逃进树林，他们跟在男孩后面，熊儿子又一次请求男孩讲新的故事。

村民们谈论着："牧童说的话是正确的，为了抓住熊妈妈，不仅需要力量和勇敢，而且还要……"还要什么呢？请小读者自己去猜吧。

乌龟壳为什么会裂成许多块

从前有一只乌龟，这是一只普普通通的乌龟，就是好奇心特别强。一天夜里，他躺在沙滩上，遥望着天上数不尽的星星。

"星星离我们有多远呢？"乌龟想，"我要是能到星星上去看一看，那该有多好啊！"

乌龟打定主意，要到天上去一趟。可是他太笨了，爬得特别慢。第二天夜里，他朝天上望去，星星离他还是那么远。

这只好奇的乌龟一连爬了三天三夜，但是，通往星星的道路还是没有尽头。他终于筋疲力尽了。他明白了：他永远也爬不到天上去！

这时候，一只灰色的鹭从他身边飞过。乌龟看到她那雄赳赳的气派，便央求她：

"鹭大姐，鹭大姐，你带我上天吧！我想去看看星星，可是我怎么也爬不到那么高。"

"好吧，你骑到我背上来，我带着你飞。"

乌龟高高兴兴地爬到了鹭背上，四个爪子紧紧地揪住她的羽毛。灰鹭就带着他飞上了天。

鹭越飞越高，她问乌龟：

"现在你还能看见大地吗？"

"能看见，不过已经很远了。"

鹭又往高处飞了一段，问他：

"怎么样，现在你还能看见大地吗？"

乌龟告诉她，已经看不见大地了。这时候，灰鹭发出了狞笑，在天上翻了一个跟头，便把乌龟摔了下去。原来，这只灰鹭是巫婆变的，她又凶恶又阴险，早就存心害死这只乌龟了。

不幸的乌龟像块石头一样往下落，他闭上眼睛，嘴里不住地唠叨说：

"我多么想活命呀，救救我吧，要是我能活下来，以后我再也不想看天啦……"

快要着地的时候，乌龟睁开了眼睛，看到了森林和高山。

"石头啊，树啊，快闪开！"他惊慌地喊了起来，"要是再不闪开，我就要砸你们啦！"

石头和树木果然闪出了一条路，乌龟扑通一声落到地上。

好在这块地很软，乌龟没有摔死。但是，他背上的大硬壳却碎成了很多块。

一个好心的魔术师看到了，很同情这只乌龟，就把这些碎块粘了起来。后来人们才知道，乌龟背上的大硬壳为什么会裂成那么多的纹。

猴子的玉米汁

猴子想做玉米汁喝，可是他没有玉米，于是，他就想了个办法。

他先去向公鸡借了一升玉米，答应第二天付钱；接着又去向狐狸借了一升玉米，也答应第二天付钱；从狐狸家出来，又去向狗和豹各借了一升玉米，条件还是一样，叫他们第二天找他要钱。

但是，狡猾的猴子并没有约他们一起来，而是排了个次序，先是公鸡，狐狸稍后，接着是狗，豹子最后来。

猴子得到四升玉米，就跑回家做了一大桶玉米汁。他高兴极了，一口气就喝了半桶，剩下的一半倒进一个小坛子里，放在大树底下。

第二天，猴子一早就起来了。他假装牙疼，扎了一条头巾，爬到树上去等他的债主。没过多久，公鸡应约先来了。

"你怎么啦，我的朋友？"公鸡问他，"是生病了吧？"

"哎呀，我的牙疼得可厉害呢！"猴子叹了一口气。"请坐吧，我的朋友，先尝尝我的玉米汁！"

公鸡刚刚坐下，喝了几口玉米汁，狐狸就从远处跑来了。公鸡一见狐狸，吓得鸡冠都变白了。

"别害怕，我的朋友！"猴子说，"快到大树后面藏起来！"

公鸡听了他的话，就藏到一棵大树的后面。

狐狸一到，猴子又诉起苦来，说他牙疼得厉害，并且请她也尝尝他做的玉米汁。

"喝吧喝吧，我的朋友，真鲜哪！刚才公鸡在这儿喝了，赞不绝口！"

"什么？"狐狸惊叫起来，"刚才公鸡也来过这里？"

"是啊，他现在还在这儿呢！"猴子用手一指，公鸡再也藏不住了。

狐狸见到公鸡，立即扑了过去，当场就把他吃了。

这时候，远处又来了一条狗。狐狸见了狗，吓得浑身发抖，赶紧躲到附近的一个草丛里。

狗一到，就和猴子寒暄起来。

"坐吧，坐吧！"猴子说，"我病了，不能下来，你就请便吧，先尝尝我做的玉米汁。刚才狐狸还来喝了呢，粘得满脸都是！"

"什么？"狗一听，马上把门牙龇了起来，"狐狸也到过这儿？"

"不但到过，她现在还在这儿呢！"猴子一边说，一边又指了指狐狸藏身的地方。

狗立即扑了过去，当场把狐狸吃掉了。

这时候，远处又来了一只豹子。狗看见了豹子，吓得心惊肉跳，连忙到草丛里藏了起来。

猴子唉声叹气，告诉豹子说他的牙疼，又请他尝尝他的玉米汁。

"喝一点吧，我的朋友！"猴子在树上说，"刚才狗到这儿来喝过，他端起坛子就不肯松手了！"

"什么？狗到过这儿？"

猴子挤挤眼睛点点头，用手指了指那边的草丛。

豹子猛扑过去，几口就把狗吞下了肚。

"喂，朋友！"豹子说，"我是来收我的玉米钱的，你就快付钱吧！"

"什么？"猴子喊了起来，"你怎么还不满足？你到了我这儿，我请你喝了玉米汁，还让你吃了一条狗，狗刚刚才吃了狐狸，狐狸又是刚刚才吃过公鸡的。你吃了我这么多东西，亏你还好意思张嘴跟我要什么玉米钱？"

豹子一听，咆哮起来。

豹子确确实实是喝了猴子的玉米汁，又吃了狗，狗又吃过狐狸，狐狸还吃过公鸡。但是豹子毕竟是豹子，他暴跳如雷，拼命向猴子扑去。可是，狡猾的猴子爬到一个最高的树枝上，喊道：

"你还讲理吗？我一共借了四升玉米，做了那么好吃的玉米汁，你们大家都喝了，而且还一个吃了一个：狐狸吃了公鸡，狗吃了狐狸，你又吃了狗。现在你还跟我要钱，像话吗？"

话虽然这么说，但是，骗子心里毕竟是明白的：他做了缺德的事，骗了公鸡，骗了狐狸，骗了狗，又骗了豹子，所以从此以后，猴子就一直住在最高的树枝上，藏在那密密的树叶里。

美丽聪明的法蒂玛

我们这里有个叫法蒂玛的小姑娘，村里人都叫她美丽的法蒂玛。法蒂玛不但美丽无比，而且聪明过人。

一天，法蒂玛和同村的五个女孩子一道去森林里拾柴。归来时，她们迷路了，发现在密林深处有一堆火光。她们来到火堆旁，看见坐着一个丑陋的老巫婆。

老巫婆一见她们便哈哈怪笑，说："啊！真主总算把你们全给我送来了。哦，六个，一共六个，这可太好了。我可要先喂喂你们啦！"说着，便拿出几块烧饼给她们吃。

法蒂玛看看烧饼，又看看老巫婆，低声对同伴们说："我看她准是个老巫婆，不要吃她给的东西。"说完，又故意高声地对老巫婆说："烧饼烤得又干又硬，让我们到河边去取点水来再吃，好吗？"

"不行，不行，如果让你们到河边去，你们会从那儿溜走的。"

"难道你不会用绳子把我们一个个拴起来吗？那样，我们就都跑不了呀！要不然，你给我们去河边打水也行！"

老巫婆想了一下，说："好，我就把你们一个个都拴起来。那样，我只要拉一拉绳子头，就知道你们还在不在。"

于是，六个女孩都被放到河边打水去了。

老巫婆坐在林中，一会儿拉拉这根绳子头，说："嗯，她还在！"一会儿又拉拉那根绳子头，说："哈，她也在！"就这样，她放心了。

哪知法蒂玛早已把拴住她们的另一头绳子解开，系在树上，溜走了。

六个小姑娘拼命地向前跑着，跑着。

老巫婆等了半天，不见她们回来，便起身去河边寻找。当她发现自己上当后，非常气恼。她一边追赶，一边狂叫着："小丫头们，你们竟欺骗我。看我把你们一个个都给抓回来！"说着，她念起了咒语："前有大河，河中有大鳄，英雄好汉，也难逃脱。"

六个小姑娘拼命地向前跑啊！跑啊！眼看老巫婆快要赶上来了，她们又被一条大河挡住了去路。

法蒂玛眼快，一下就看到河中的鳄鱼。她高声地向鳄鱼叫道："鳄鱼大哥，请您把我们渡过河去，好吗？"

鳄鱼问："你们给我什么报酬？"

法蒂玛说："您先把她们五个渡过去。然后，您可以吃掉我。"

"好吧!"于是,鳄鱼一边渡着,一边数着,它把法蒂玛的五个同伴一个一个地渡过河去后,高兴地说:"好啦,下面一个就该给我当点心了。"

恰好这时老巫婆已追到河边,她不问青红皂白,一下就趴到鳄鱼背上,连连说:"快渡!快渡!"鳄鱼把老巫婆渡到河心,便沉下去,一口把她吃掉了。但是,它很遗憾地自言自语说:"这难道就是刚才那个小胖丫吗?怎么尽是一些骨头渣呀?"

法蒂玛哪儿去了?

原来,聪明的法蒂玛早在鳄鱼渡第五个小女孩时,就悄悄地抓住鳄鱼的尾巴,一道游过去了。

铁橇主人

从前,有一位富商,只有一个游手好闲的儿子。他自小在父亲的疼爱之中长大,从不过问世间之事,要吃有吃,要穿有穿,犹如春天的骆驼仔,低头有草吃,抬头有奶吃。

父亲年迈,觉得自己活不多久了,就把大批钱财兑换成金子,装在一个口袋里,藏在一个阴暗的屋顶上,下面用一块不太结实的木板钉上,木板上系一条铁链,一头垂到地上。

父亲把儿子叫来,给他留下遗嘱,以便儿子在今后的生活道路上遇到困难和不幸时,能随时得到帮助。

儿子坐在父亲面前，父亲对他说："我的孩子，我为你积攒了大量的钱财，目的是让你将来过上富裕舒适的生活。如果你挥金如土，那你就不会过上这样的生活。我希望你相信我的话，要像我一样做生意，从中获得利润，多赚点钱财，这样你就有了主动权，不必求助别人了。"

儿子听了这番话，向父亲保证，他将不折不扣地按照父亲的话去做。儿子在父亲面前坐了好长时间，思考着父亲讲的这番道理，直到弄明白才站起身……可是父亲又想起他藏的金子，又对儿子说："你坐下，我的孩子，我还有话对你讲。"

等儿子坐下，父亲说："我的儿子啊，我保证不了你今后的生活就不会变穷，或者遭到变故，因此，我为你想出一条生活的妙计，用它去克服你生活中遇到的困难和使你为难的事。"

说到这里，父亲抓起儿子的手，来到这条铁链跟前，指着它说："我的孩子，人要靠尊严、信仰、金钱而生活，一旦失去了金钱，那他还有尊严和道义。如果连尊严和道义也失去了，那人活着还不如死了好。"

父亲一再重复这些话，好像他要让儿子牢牢记住，铭记肺腑，终生不忘似的。儿子很受感动，对父亲说："你的话我永远记着，它将会成为我生活中的一盏明灯。如果你去世了，它将会指导我克服在生活中所遇到的困难。"

最后，父亲对儿子说："如果你走投无路了，你就套上这条铁链，生命就有救了。"

不久，父亲果真去世了，青年学着父亲做起买卖来。他一心想按父亲的经营方式去做，可是太吃苦，需要有耐力和恒心，青年恰恰就缺少这种经营才能和恒心，于是他把铺子里的货物清点后，就关上了店门。他用半价卖掉了赖以谋生的店铺里的货物。他的伙伴见他有钱，就挑唆他去挥霍，用各种手段引诱青年破费钱财和消耗精力。青年不顾后果，一味追求享乐，无节制地挥霍，从不知道算计，哪里还记得父亲的遗嘱！

最后，青年把所有的钱花光了，他变得声名狼藉了，伙伴们随即一个个地从他身边溜走，最后只剩下他孤苦伶仃一人。

他想生活，但失去了生活的资本，谋生之门向他关闭了。青年除了父亲死后留给他的房产和从屋顶垂到地上的铁链外，一无所有。他想起了父亲的遗嘱。他想，自己要是套上铁链，就是悬梁自尽，这多么悲惨啊！青年没有勇气按照父亲指点的去做，心想："我还是一个风华正茂的年轻人，何不自己去寻找一条重新生活下去的出路呢？"

青年决心重新开始奋斗，于是他去找工作，询问那些在他有钱时跟他厮混在一起的朋友们，有什么工作可以让他做。他从这儿走到那儿，结果没能找到工作。他忧心忡忡地回到家里，哪儿也不想去了。他感到活在世上太难了，眼前一片漆黑。他又想起父亲叫他走投无路时去套上铁链的遗嘱。

他心想："已故的父亲是聪明人，有远见。"好像父亲为他揭去了眼前的帷幕，使他看见了广阔的未来，找到了救命的办法；好像父亲活着时为他创造出优越的生活条件似的，也为他准备好了今后的生活出路。

青年幻想着自己已经站起来，走到铁链前，把它套在脖子上。实际上，他脑子里真的出现了他套上铁索后那场可悲的情景。

他又想："我为什么不能去另谋生路，找一条活下去的出路？"他想起以前的弟兄们，他们都懂得挣钱和获得珍宝的办法，因为自己不学无术，他们之间的关系中断了。他放弃套上铁链的想法，决心像弟兄们那样去找出路，维持生活。要生活就得流汗，哪怕是要弄一口饭吃，也得如此。

青年去找这些弟兄们，向他们问好，把自己的想法告诉他们。他们婉言拒绝说："你干不了，你是过惯了奢侈豪华生活的人。你不但帮不了我们什么忙，反而给我们带来麻烦。你哪有我们这么大耐心、毅力！"

青年再三恳求，向他们表示："我先试试看，我觉得只有你们才肯帮我的忙，你们就把我留下吧，除了留在你们这儿干活，我没有别的办法了。"

弟兄们面面相觑，觉得不能再搪塞支吾了，只好让他留下来，在工作中考验他。他们对青年说："明天早饭后来吧，自带面包和我们一块吃。"

青年很高兴，十分感谢他们的帮助。第二天，青年吃完早饭，带着面包，在事先约好的时间内去找弟兄们，等他们全来了，就开始工作。弟兄们把操作方法教给他，就各干各的活儿去了。

青年干得很卖力，弟兄们看他劲头大，干得快，又出活，就让他和他们一块儿干。青年的前途开始有了保证，他决心埋头苦干，坚持到底。但是，他在他们中间如同一个陌生人似的，因为这些弟兄留下他干活，是出于礼貌和他自己的再三恳求，他们深信他绝不会始终这么卖力气，不会这么长久地坚持下去。然而，青年却坚持干下去了，弟兄们没有找到解雇他的借口，就这样，他们勉强地留下他继续干活。

有一天，一块儿吃饭的时间到了，当青年拿出面包时，发现被吃过了。他把面包放在弟兄们的面包里，不知该怎么向他们道歉。

弟兄们问他怎么拿这么一点面包，他说："我不知道，可能是在夜里被老鼠偷吃了。"

弟兄们说："老鼠怎么这么聪明？它能知道吃面包吗？它能吃得了吗？"接着弟兄们又对他说："你拿上你的那份面包到一边去吃吧，你的面包太少了，我们没法一块儿分着吃了。"

青年拿了面包，走到离他们很远的地方，就着冷水吃了。吃完饭，又干完一天的活儿，便回家去。他决定不再和这些弟兄们一起干活，但是到哪儿去谋取生路呢？

他想起了父亲的遗嘱，即救他生命的最后方法。青年心想："我现在只有用这个办法救自己的命了，因为钱都用光了，弟兄们又不许我和他们一块儿干活。我要活，也只有走这条路了。我去和他们劳动是迫不得已的，他们欺骗了我。我想接近他们，结果被他们疏远了。我就像生了疥疮似的，人人见了人人怕，人们纷纷躲着我。"

这次，青年下定决心采用父亲早已为自己准备好的结束生命的办法。他在屋里准备，尽管他认为这样做没有必要。一切准备停当，青年登上垒起来的箱子，把铁链套在脖子上系牢。他闭上眼睛，什么也不想，使足全身的劲，用脚把箱子踢开，身子就吊在铁链上了。他觉得一阵难受，突然屋顶上的木板断了，青年落在了地上。屋顶上掉下了金黄色的金子，但由于屋里很暗，他并没有发现顶棚上掉下来的是金子。他一下子爬起来，拿起坠落在地上的断木板，来到灯前，疑惑不解地看着。

他又马上返回屋子，查看顶棚断裂的地方，发现顶棚里有一袋金子，高兴得心花怒放。

这是一笔巨额资金，他在生命要完结的一刹那，又成了富翁。他决心痛改前非，今后不再浑浑噩噩地虚度年华了。

青年想起父亲在世时他过的那种无忧无虑的幸福生活，就面对苍天说："我的父亲啊，你是最有办法的人，是最有远见卓识、深思熟虑的人。你训诫、指点我活下去，又指点给我在活不下去时'悬梁自尽'的妙法。愿你安息地下，灵魂归天，你的美德将流芳百世。"

青年就用这种充满热爱、感激的词句哀悼他的父亲。他往衣袋里装了几镑金子以后，扛起装金子的口袋，把它藏在可靠的地方。他买回来家中需要的一切日用品，同时也为自己买了一套华丽的衣服，把身上穿的那套破衣服扔了。他为自己安排了一种新生活，抛弃了那种浑浑噩噩，纸醉金迷的生活。

青年不再去和弟兄们一块儿劳动了，弟兄们问他去了什么地方，他不冷不热地回答了这些多管闲事者。于是，他们又知道了这位青年又有了钱，可以任意挥霍，不怕再穷困了。

有三个弟兄去找青年，想询问、祝贺他一下，就用甜言蜜语奉承他，想以此恢复他们之间的关系。

青年热情地欢迎他们，并盛情款待，显得十分好客，弟兄们问他这些钱财是从哪儿弄来的，又祝贺他红运亨通。他们进一步分析说："也许是你父亲暗中保护你，他活着时，把一笔钱放在某个朋友家里，等你实在生活不下去了，再拿出来帮助你。"

青年同意了他们的分析，他说："对，是已故的父亲想到自己过世后，我会过着一种东飘西荡的生活，把这些钱放在了一个朋友家，嘱咐他等我急需时拿出来交给我。我现在不需要劳动了，父亲留下这么多钱，足够我用了。你们是我最忠诚的弟兄，只有你们才肯安慰、帮助我。忠诚使我懂得了要好好招待你们，我家不论白天黑夜都向你们敞开大门。"

弟兄们感谢他如此深情厚谊，对他的豪侠、忠诚深感高兴。他们多次来拜访，青年都热情招待。如果有一天他们来晚了，他就主动上门相邀，为他们举行盛大宴会，佳肴异果罗列满案。

青年出门做生意，回来就去找弟兄们，请他们参加他的洗尘宴会。弟兄们接受了邀请，来到朋友家，他请他们坐上席，海阔天空地谈论着，弟兄们被他的高谈阔论吸引住了。

青年原有一个小铁棒，即铁橛，是已故的父亲留给他的，他把它带到铁匠铺，对铁匠说："这个铁橛多了一块，请你给我去掉。"

铁匠给他截下一大块，他拿着铁橛回家了。青年对弟兄们说："弟兄们，我有一件奇货，想让你们看看，我想把关于它的事讲给你们听听。"

弟兄们都围过来看这件奇货，想知道关于它的故事。

青年站起来，事先没有告诉他们这是什么奇货，也没拿出来给他们看。他迟迟不把它拿出来，目的是更加激起朋友们的好奇心。后来他把这根铁橛拿出来让他们看，并对他们说："弟兄们，你们看看这根铁橛，它是我已故的父亲留给我的。我早知道它一处也不缺，是完整的，可是刚才我一看，发现它缺了一块。我仔细观察，发现是老鼠把铁橛咬下一块，磕碎后吃掉了，你们信吗？"

弟兄们听了，都争先恐后地表示相信。一个弟兄说："老鼠的牙齿有劲，正像我们现在看到的，它也能吃石头。古时候，它虽然只能挖墙洞，不能吃石头，可它现在能吃石头了。一般人认为老鼠不能吃硬东西，现在铁橛被它吃了一块，说明这个秘密没被揭破。"

弟兄们都相信了这些话，其中一个马上举出自己目睹的事实来证明这位朋友刚才说的道理。青年听了他们的分析判断，对他们说："弟兄们，你们认为老鼠可以吃面包吗？"

弟兄们想起青年和他们一起干活时面包减少的事。他曾对他们说，是被老鼠吃了，可他们骗他说，老鼠不会吃面包。因此，他们让他一个人去吃。

弟兄们哑口无言，无以对答，这是青年对他们的报复。他们无权要求他别再提起这事，弟兄们面面相觑。要是他们中某个人能够做出恰如其分的回答和解释该多好啊！可谁也没话可说。这天晚上，青年没有再为这些弟兄们准备金樽美酒、玉盘珍肴，没举行什么宴会。

青年认为他们是见异思迁、喜欢阿谀奉承的人。他心中气愤极了，像这样的人，竟成了所谓灾难的援助者，酒席上的主人。于是他冲着他们喊："你们快给我滚出去，铁橛先生们，你们都是吹牛家，财迷鬼和骗子。"

弟兄们纷纷穿上鞋子，乖乖地从他家里出去了。青年回想往事，觉得自己过去只知花钱，不知赚钱，坐吃山空。因此，他决定重操旧业，打开店门做生意，让自己的钱财不断增加，长如流水。他亲自动手经营，以免再发生买卖亏空的事情。

青年开张营业，没过多久，家道兴隆，人也焕然一新。他像已故的父亲那样，积下了雄厚的钱财，日子逐渐兴旺起来。

穷汉的木碗

从前有一个农夫，十分贫穷，但是他很虔诚，每晚他都要向真主表示感谢。一吃过晚饭，他就和妻子、孩子们坐在低矮破旧的小房子前的台阶上高高兴兴地唱歌、讲故事，很安于自己穷困的家境。

离穷汉家不远的地方，住着一个财主，他有着宫殿一样富丽堂皇的房舍，里面有许多漂亮的家具，每天晚上灯光通明。可是，由于这个财主牢骚满腹，经常发脾气，他的妻子、儿女总是想法子躲开他。所以，尽管他钱多，可他的屋子从来没有笑声和歌声，他时常一夜夜愁眉苦脸地站在窗口发呆。相比之下，穷汉的一家是多么幸福呀！

很快地，财主就开始妒忌穷汉了。像所有妒忌的人一样，看到穷汉生活得很幸福，他连一分钟也不能安宁。可怎么办呢？最有效和省事的办法就是夺去他口中的面包。因为人总是不能空着肚子笑和唱的呀。

第二天，财主来到穷汉干活的陶器厂，要老板辞掉穷汉。他说："这个穷光蛋和他的老婆真可恶，天天晚上他们都大喊大叫，搅得我不得安静。"因为他是个财主呀，老板不得不马上把穷汉辞了。那晚，穷汉的小破屋里果然就没有了笑声和歌声。财主呢，却幸灾乐祸地上床睡觉了，他感到非常满意。

一连几天，穷汉到处奔跑，但哪里也找不到工作。他仅有的一点积蓄，很快就花光了。一天早晨，他的妻子对他说："这是最后一个皮雅斯特，你拿去给孩子们买一些熟豆子来吧，以后就只好听天由命了。"

穷汉拿了一个裂了缝的破木碗到市场去买豆子。回家的路上，不小心摔倒了，满满的一碗豆子全撒在地上。穷汉难过地看着脚下的豆子，他怎么能这样空着手回家去见妻子和孩子呢？没办法，他只得捡起那只空碗，扣在头上，然后他就朝河边走，想在那里找点活干。

他走到河边，刚好有一只小船坐满了人，就要开船了。他赶忙走过去问船主是否需要个帮忙的，船主正好缺个帮手，就让他上了船。

船在河里划了几个钟头，正当船到了河中心的时候，突然刮起狂风，把小船摔在一个小岛上，沉底了。有的人淹死了，其他的包括穷汉在内的一些人，倒安全地爬上了小岛。

刚一上岸，岛上的土人就把他们包围了，带到头领面前。这时正是晌午，天气非常热，头领正坐在一个茅草搭的大棚子底下乘凉。他们来到头领面前，头领用怀疑的眼光挨个地仔细打量他们。他一下子就注意到了穷汉头上的木碗，因为那木碗很显眼。

"谁把你带到了我的岛上？"头领非常凶暴地问。

"命运。"穷汉简单地答道。

"你头上那个奇怪的东西是什么？"

"木碗。"穷汉说，他把木碗摘下来递给了头领。

头领从来没有见过木碗，他把木碗转来转去端详了好半天，然后问道：

"你为什么把它扣在头上？"

"为了挡着晒我头的太阳。"穷汉回答。

头领不大相信穷汉的话，他把木碗顶在自己头上，在太阳地里走了几圈，他感觉头上真的凉爽了。

"这只木碗我要了。"头领对穷汉说，"这个岛上的东西只要是你喜欢的，我都可以送给你。"

"我只希望能回到我妻子、孩子那里去。"

"我一定想法使你回家。"头领说，"可我拿了你的一样东西，我决不让你空着手回去。"

说着头领就从身边一个草篮子里掏出一大把一大把的红宝石、"猫儿眼"和"祖母绿"，并对穷汉说："你可以把这些亮光光的小玩意带给你的孩子们。"说着就把这些宝石扔进了穷汉的一个大包袱皮里，那是从穷汉的衣服上撕下来的。然后他就命令手下的人把穷汉护送到河边，并招呼来一条小船，把他安全地渡过了河。

穷汉一上岸，就径直跑到市场上买了许多好吃的食物，带给他的妻子和孩子。那天晚上，吃过了丰盛的晚餐，穷汉的小破屋中又传出了欢声笑语。

财主听到了歌声，他想，这不过是穷汉临时找到了一件粗活儿，他们高兴不了几天。可是一晚又一晚，欢乐的歌声还是不断地从穷汉的小破屋中飘出来。财主再也受不了啦，他心里又生出了恶念。一天晚上，财主装出一副非常关心的样子来到穷汉家里，问他为什么这么高兴。穷汉是一个老实巴交的人，他向来不怀疑别人。他万万没料到自己失业的不幸是这个财主造成的，便一五一十地把事情的经过全告诉了财主。

财主一言不发地听穷汉讲，又贪心和妒忌起来。回到家里，他怎么也睡不着，整夜坐在窗前发呆。天亮的时候，他突然想起了一个主意："我为什么不也到那个岛子上去走一趟呢？"他狡猾地盘算着，"如果土人头领认为穷汉的一只破碗就值那么多钱，要是我给他带去许多礼物，他会给我多少珍贵的宝石！"

主意已定，等妻子一起床，他就命令她给自己准备几十只火鸡、鹅和鸽子，拔去毛，烧好，然后放进好几个篮子里。他还装了好几篮子奶油、鸡蛋、热面包和新鲜干酪。他带上这些东西，雇了一只小船，来到了小岛上。

他来到岛上的时候正好也是中午。他刚一上岸，岛上的主人就把他包围了，也把他带到了头领面前。头领也正坐在草棚下乘凉。

"是谁把你带到了我的岛子上？"头领凶暴地问。

"是想看望您并向您问好这一愿望把我带来的。"财主假装着笑脸回答，并谦恭地鞠了一躬。

"你的篮子里装的是些什么东西？"头领两只眼睛怀疑地盯着篮子问。

"只不过是一点小意思，请您一定收下。"财主讨好地说。他马上把那些篮子一个个地全打开，摆在头领面前。

头领挨个查看每一个篮子，津津有味地吃着财主带来的东西，脸上露出了满意和赞赏的微笑。财主又把其他的食品分给围在周围的土人吃，他们也都非常高兴。头领一边走一边大声咀嚼，他把所有的东西都尝了一遍，然后回到座位上对那个伸着脖子眼巴巴地等着奖赏的财主说：

"你看，你的礼物我们非常喜欢，为了向你表示我是多么的喜欢这些食物，我要把岛子上最值钱的东西送给你。"

说着他从身边的一个草篮里拿出了穷汉那只裂缝的破木碗，郑重其事地送给了财主。

猩猩和农夫

在一个村子里，住着一家农户。老农夫经常和他的妻子带着小孩子在地里劳动，每次下地，他们总是让孩子在离地不远的一块大石头旁边玩耍。

一天，他们和往常一样，正在地里干活，突然，从森林里出来一只大猩猩，偷偷地把孩子抱走了。当他们听到孩子的哭喊声时，猩猩已经抱着孩子逃进了森林里。夫妻俩拼命地追赶。可是，追了一整天，还是不见孩子的踪影。正在失望的时候，忽然，他们看见不远的地方有一间小茅屋，便走了过去。原来屋子里堆满了蚕丝，一位头发斑白的老人正在专心致志地整理那些乱蚕丝。老人看见他们进来，便对他们说："你们看，我这么多的蚕丝，乱成一团，我年纪大了，手脚也不灵便，什么时候才能整理完呢？请你们帮帮我的忙吧！"虽说老两口找小孩奔波了一整天仍无下落，已经又累又饿，而且心急如焚，但他们看见这位孤苦伶仃的老人，心里不由自主地一阵难受，就默默地坐下来帮老人理蚕丝。理完后，老人漫不经心地问他们："你们上哪去？"

老农夫回答说："猩猩偷走了我们的孩子，我们是来寻找孩子的。可是，找了一整天还没见孩子的影子，真急死人！"

老人说："你们别着急，我一定想办法帮助你们把孩子找回来。"

老农夫听了很高兴，马上和他的妻子给老人跪下，诚心地恳求老人尽快替他们想办法。

老人同情地说："刚才你们帮了我的忙，我也要报答你们的。不过，现在已经天黑了，你们先在这里过夜，明天早上一定将孩子找回来。"

第二天清早，老人告诉农夫说："我给你们三个罐子：一个能冒火，带着熊熊烈火；一个能扬尘，造成飞沙走石；另一个能使日月无光，天昏地暗。"

老人用手指着屋外继续说："你们沿着这条路走，一直走到一条干枯的河边，你们就停下来。那时，你们可以看到河的对岸有一棵大树，大树下有许多猩猩在玩耍，你们的孩子就躺在大树旁边的大石头底下。"

农夫急忙地问："那么，我们如何去救孩子呢？"

老人说："你们不用担心。到了河边，看见孩子后，你们抱起来就走，猩猩追赶你们时，这三个罐子就会帮助你们的。"

农夫问："怎么使用罐子呢?"

"先抛出冒火罐,如果不行,再抛出扬尘罐,如果仍不行,再抛出最后一个罐,就这样,你们大胆地去吧!"

农夫和他的妻子高兴地谢别了老人,沿着他指引的道路走去。到了干枯的河边,他们果然看见一棵大树下有许多猩猩,他们的孩子正躺在猩猩旁边的大石头底下。他们按照老人的嘱咐,壮着胆子偷偷地走到孩子的旁边,冷不防地抱着孩子就跑,猩猩看见了他们,一个个飞也似的追赶上来,越追越近,眼看猩猩就要追上他们了。突然,农夫急中生智,抛出冒火罐,罐子里冒出熊熊烈火,把追赶的猩猩烧伤了,但它们还是拼命地往前跑,看见这种情况,农夫又抛出扬尘罐,顿时风声大作,飞沙走石四起,可是仍然无济于事。眼看他们又被追上了,农夫和他的妻子越发筋疲力尽,差点儿跑不动了。正当农夫束手无策的时候,妻子大声地喊着:"赶紧抛出第三个罐子,也许还可以救救我们!"农夫听见喊声,立刻抛出第三个罐子,骤然间,日月无光,天地一片黑暗,猩猩们看不见路了,只好跑回森林里去了。

农夫和他的妻子领着孩子安全地回到了家,过着幸福的生活,但他们仍念念不忘那位好心的老人。后来,他们经常向孩子讲述这件事,并教育他长大一定要以那位老人为榜样,助人为乐。

花斑虎现原形

有一天夜里，一只花斑虎蹿到熊的宅院去偷鸡。运气不错，真没有白跑一趟。花斑虎抓鸡时，鸡被吓得咯咯地惊叫。熊听到声音后，立即到院内查看。他仔细一瞅，发现是花斑虎来偷鸡。熊边追边大声嚷嚷，"抓贼，抓贼啰！"这时狗、兔等动物听到喊声，都纷纷跑来帮助抓贼。花斑虎见势不妙，急得四处逃窜。眼看已被包围，他慌不择路，跑进了一家木匠房里。

只听见咕咚一声，花斑虎掉进石灰槽里去了。他怕挨打，便使劲爬出来逃走。这时的花斑虎满头满脸都粘上了白灰，活像一个裹着白布包头的怪物。还没等花斑虎跑出门，熊和同伴们都赶到了。熊看着前面的怪物惊恐地问道："你是谁？到这里来干什么？"

花斑虎认为动物们都怕他，便大声说："哼！你们连我都不认识了？我就是你们的大王，懂吗？你们大声喊抓贼，我也听见了，所以跑来帮你们一起抓。"

熊听信了花斑虎的谎言，便请他到家中做客，并大摆宴席为他压惊。花斑虎见白兔也去参加宴会，便问白兔道："你的孩子有多大了？"

白兔回答说："尊贵的大王，小民有三个孩子，他们说起话来都特别好听。"

花斑虎听到这里，想吃兔崽子的念头立即涌上心间。于是他命令白兔说："明天你把兔儿给我送来，听明白了吗？"

白兔听后，吓得全身直打哆嗦。回家后便找同伴们商量对策。他们搬来木头在河边筑起围墙，让那位"大王"跳墙而过。只要他一跳过木墙，就必定落入河沟。

第二天，花斑虎到约定的地点去吃小兔。白兔见到花斑虎便说："请大王跳进围墙用餐，兔儿们已在此恭候多时了。"

花斑虎高兴地跳过围墙，正好掉进了河沟。他在水中竭力挣扎，好一会儿才游到岸边。原来他头上和脸上黏着的白灰已全被河水冲光，现出了花斑虎的原形。熊和其他动物一见是那只偷鸡的花斑虎，便愤怒地一拥而上，围着他又撕又咬，不一会儿花斑虎就断了气。

老虎的来历

古时候，有位国王，他有尊贵无上的皇后，有四大朝臣，有一位星相家做他的耳目，有文武官员和宫娥做他的侍从。按照自古以来的王家传统，他是十分荣耀的国王。但是，国王和四大朝臣不像先王那样学过打胜仗的咒语，他老是非常忧虑自己的国家。由于皇权每况愈下，国王暗自思忖："要是有敌军来侵犯，我国必定会轻而易举地落入敌人之手。"

　　一天，早晨八点钟，国王像平常一样，由皇后相伴升殿，星相家和四大朝臣以及其他官员上前参拜。这时，国王想去达卡塞拉国求师学艺，就和皇后、星相家以及四大朝臣一起商量。皇后请求和国王一道去，星相家和四大朝臣也请求随国王同去，好学会本事保卫国家，国王同意了。事情就这样决定了。

　　这天，国王带着皇后、星相家和四大朝臣，离开了自己的国家。走了七天，来到达卡塞拉国。见到长老，就请求向他学艺，长老答应教他们。后来，国王、皇后、星相家及四大朝臣，把各种技艺都学会了，无论是变动物，还是变魔怪、舞神、金翅鸟，全能随心所欲。出师以后，国王请求告辞，返回自己的国家，长老应允了。国王和皇后、星相家、四大朝臣启程回国，离开达卡塞拉国三天后，由于迷路，穿越森林时粮食断绝，他们只好吃树根、野果。国王非常怕死，就和星相家、四大朝臣及皇后商量说："眼下，因为没有东西吃，我们大家快要饿死了，你们看怎么办呢？"星相家对国王说："我们学的咒语每个人都会，要是变成老虎，就可以捕捉别的动物为食物，等回国后可以再变成人。"

　　国王、皇后和四大朝臣都同意星相家的意见，国王问："现在是只整老虎，谁应该变成哪部分呢？"四大朝臣请求变成老虎的四条腿，星相家请求变成老虎的尾巴，皇后请求变成老虎的身子。整个老虎只差一个脑袋了，这个脑袋就由国王来变。商量已定，于是，他们念动真言，如愿以偿地变成了一只虎王，捕捉獐子、鹿为食。过了很久，老虎生活得很愉快，忘记了王位和自己的国家。

由于上述原因，所以老虎比别的动物力量都大。并且，在它捕捉动物为食的时候，尾巴先发现目标，因为是星相家变的；它的身子软弱，因为是皇后变的；而它的脑袋，看上去异常威严，因为是最有权威的国王变的；而它的四条腿非常强壮，爪子锋利，因为是四大朝臣变的。

忘恩负义的高利贷者

有一天，一个放高利贷的人落难了，大家都知道放高利贷的人不爱干活，都不来帮助他。他饿了一天、两天、三天，在第四天他对自己说：

"宁可饿死，决不干活！"于是他向河边走去，要投河自尽。

他脱了衣服，跳到河里。但水刚淹到他头上时，他怕死了，又爬回到岸上。高利贷者在岸上坐了一会儿，又跳到河里，可又怕了，又爬到岸上。他就这样做了好几次。

离河岸不远处，有一个野鹅窝，一对老鹅看到了高利贷者的行动。

"多奇怪的人！"公鹅对雌鹅说，"我游过去，打听一下，他发生了什么事。"

"不要去，不要去！"雌鹅害怕了，"要是坏人怎么办？"

但公鹅很勇敢，不听雌鹅的话，他游到高利贷者面前，问：

"请问，你为什么一会儿跳到河里，又马上爬到岸上？你这么做是什么原因？"

高利贷者说：

"我想投河自杀，因为我没有东西吃了。"

"我能帮助你克服困难。"公鹅说完，就潜到水下去了。当他浮出水面时，嘴里含了一块很大的红宝石。公鹅张开嘴，宝石掉在高利贷者的脚边。他高兴得忘记了一切，抓住宝石，马上向城里跑去。他在城里卖了红宝石，立刻成了一个有钱的人。

此事发生后，过了好多年，高利贷者已将送他宝石的公鹅忘得干干净净了。

有一天，全国流传着一个消息，说是国王的女儿得了重病，许多医生都看了，但没有一个人知道驱逐死神的办法。这时，从西藏来了一位著名的医生，说：

"如果公主吃了野公鹅的心，病就会好的。但这只公鹅一定要活捉，否则鹅心就无用了。"

国王很高兴，所以向全国宣布：

"谁第一个献上活捉的野鹅，就赏他一座宫殿和一千个奴隶。"

高利贷者一听到这个消息，就往从前遇到过野鹅的河边跑去。忘恩负义的高利贷者跑到老地方，大叫：

"我的崇高的救命恩人，你在哪里？难道你不救我了吗？我命多苦啊！"

公鹅听到了高利贷者的哭泣声，就离开窝，游到高利贷者面前。

"发生了什么事？"公鹅问，"我怎么帮助你呢？"

卑鄙的高利贷者轻声说："你知道我命多么苦就好了，你上岸来，我统统说给你听！"

公鹅游到河边，抖落了翅膀上的水，踏上了土地。这时，高利贷者立即抓住公鹅，夹在腋下，拼命往城里跑。

"你把我带到哪里去？"公鹅怕了，"你放开我，我再给你一颗红宝石。"

凶恶的高利贷者笑了起来，说：

"我为什么要你的红宝石？公主吃掉你的心，我就能得到一座王宫、一千个奴隶！"

公鹅哭了，他的泪掉在地上就变成了大颗的珍珠。贪心的高利贷者看到地上的珍珠，就去拾，他的手一碰到珍珠，手就马上长在地面上，一动不能动了。他忘记了公鹅，伸出第二只手去拾珍珠，第二只手也马上长在地面上了。现在他已不能把公鹅夹在腋下了，于是公鹅获得了自由，飞到云后面去了。

高利贷者听到行人脚步声，叫道："帮帮忙！帮帮忙！"

人们跑来了，拉高利贷者的手。但他们越是用力，贪心人的手越是往地下陷。突然，不远处传来了可怕的声音，人们恐怖地叫着："大象！大象来了！"就往四处逃散了。

"救命！救命！"高利贷者拼命叫，但没有人去听他的号叫。这时，几只巨大的大象走得越来越近了，最后，一只最大的象踏在高利贷者身上，把他踩死了。

这个忘恩负义的高利贷者，就这样结束了生命。

母兔和老虎

森林里有一只凶恶的老虎，多少年来，周围的动物都怕他。可是，又过了许多年，老虎老了，再也不能像从前那样每天出去捕捉食物了。

有一天，他把森林里的动物全部召集到一起，对他们说：

"我已经老了，但是，我的爪子和牙齿还有力气！谁要是不听我的话，他就绝没有好下场。今天你们都来了，好吧，我以后每天吃你们一个，你们还是老老实实排个队，自动送上来吧！"

大家一听，又伤心又害怕，但看到老虎这样威风，都不得不点头表示同意。每天一早，老虎都能坐享一顿美餐，每天早上，森林里都是一片哭声，因为每过一天，他们都要失去一个伙伴。

那时候，森林里有一只母兔，她看到伙伴们一个个悲惨地死去，就下定决心，要把大家从虎口里救出来。她把自己的想法告诉了伙伴们，大家都笑她：

"你想得倒美，明天就轮到你喂老虎了，还是趁早准备去死吧！"

母兔一句话也没有说，就回到家里。第二天，轮到她去见老虎了，她硬是赖着不去，老虎没有等到吃的，勃然大怒，他从来也没有挨过饿呀！

第三天早上，母兔不慌不忙地去见老虎。老虎威严地说：

"你这个畜生，昨天为什么不来，就为了你，让我饿了整整一天！"

"对不起，老虎大王，按照你的吩咐，昨天我刚刚要来，却碰到了一件倒霉的事情：我碰上了另外一只老虎，他和你一样强壮有力。他抓住了我，一天都没有放我走。他还说呢：没什么，你那只老虎是个老不死的胆小鬼，他不吃饭也不要紧。我好不容易刚刚才从他那儿逃了出来……"

老虎一听这番话，就更冒火了。他一跳而起，问母兔：

"这个狂妄的家伙现在在哪儿？你快带我去找他！"

"大王，他就离这儿不远，住在一口井的下面。"

"快带我去！我一定要同他拼个你死我活！"

母兔把老虎带到一口井边，说：

"他藏在井下边呢！"

老虎趴在井边，往下一看，另外一只老虎同他一模一样，正在龇牙咧嘴地朝他看呢。老虎见到这个情景，火冒万丈，一头栽到井里，淹死了。

神 鸡

从前有两个亲戚，他们住的地方相隔很远。一个是穷人，他住在森林里，那儿有一所矮小的房子；一个是富人，他住在城里，有一座高大而华丽的住宅。

有一次，穷人在森林里发现一棵大树底下，有一根闪闪发光的美丽的金羽毛。他抬起头来朝上一看，发现树上有一只长着金尾巴的大公鸡。穷人拾起这根金羽毛，就进城去找他那个有钱的亲戚。

富人看到这根金羽毛，非常羡慕。他说：

"真漂亮！不过，它值不了几个钱，你把它给我，我给你一个银币好了。"

穷人出世以来就没有见过金子，他根本不知道这根羽毛是真金做成的，他还以为不值一个银币呢。他心想，这倒是一个外快！于是，高高兴兴地答应了！

第二天，穷人又在森林里那棵大树底下拾到一根金羽毛。他把它送给那个富人，又得了一个银币。就这样，天天如此，一连拾了好多天。

有一天，穷人还跟往常一样来到这棵大树下。他忽然听到长着金尾巴的那只大公鸡唱了起来：

"谁吃了我的心，他每天早上就能在枕头底下拿到两个金鸡蛋！谁吃了我的心，他每天早上就能在枕头底下拿到两个金鸡蛋！"

穷人听了大吃一惊，他连忙跑到城里，把这一切告诉了那个贪婪的亲戚。富人就对他说：

"你如果能替我把这只大公鸡抓来，我给你一千个银币！"

可是，穷人却说：

"我不需要你的钱，你最好还是收下我的两个孩子，把他们当作自己的亲生儿子抚养。我希望他们能够成为有学问的聪明人。"

富人当场答应收下他的两个儿子，并且让他们读书。穷人也答应把那只金尾巴的大公鸡抓来送给他。

第二天，东方刚刚露出朝霞，穷人已经到了森林，找到了那棵熟悉的大树。他抬头一看，那只神公鸡正在上面默默地望着他。

穷人拉起弓，一箭就把神公鸡射了下来。他把鸡交给两个儿子，叫他们去找那个有钱的亲戚。

富人看到这只金尾巴的大公鸡，高兴得跳了起来。他亲手把金羽毛一根根拔下来，再把鸡交给他们弟兄俩，让他们煮好了送给他中午吃。这时候，他既然已经得到了金公鸡，肚子里也就出了坏主意。他想：这两个孩子可不能让他们去念书，我这儿正需要伙计呢！

弟兄俩到厨房去煮鸡，他们一心一意要把这只鸡煮得又鲜又香，好让这个有钱的亲戚高兴高兴。可是糟了！开锅以后，汤一下子溢了出来，鸡心也跟着掉到了地上。

"唉！真倒霉！"哥哥说，"这只鸡心只好扔了！你瞧，它刚好掉在一块脏地方，不能把它送给主人吃了。"

弟弟却说："别扔！我从一早到现在还没有吃过一口饭。我们把它洗洗干净自己吃了吧！"

两个人说动手就动手，把鸡心洗得干干净净，切成两半，每人吃了一块，然后再把整只鸡端给那个富人吃。

富人在汤碗里翻过来翻过去，专门找那个鸡心。他翻了又翻，找了又找，整只鸡都吃完了，还是没有找到。他忍耐不住了，就问这弟兄俩：

"鸡心哪儿去了？你们把鸡心放在哪儿了？"

弟兄俩只好老老实实地承认，是他们二人分着吃下肚了。

贪婪的富人气急败坏地抓起一根棍子，把他们俩赶了出去。弟兄俩哭着回到了森林里，回到了自己的穷家。他们根本摸不着头脑，为什么富人为了一只小小的鸡心竟会发那么大的脾气。

弟兄俩睡了一觉，第二天一早，每人在自己的枕头底下拿到一个金鸡蛋。他们又惊又喜，连忙把宝蛋交给了父亲，又把昨天发生的事情说了一遍。

"我那个有钱的亲戚真是欺人太甚！他既然把你们赶出来了，我这两只金鸡蛋就再也不卖给他了！"

这时候，正好有一个商人从他家路过。穷人给他看了这两只神奇的宝蛋，商人惊奇地说：

"这两只蛋是纯金的！你们卖给我吧，我一定给你们好价钱。"

他给了穷人好多好多钱。这么多的钱，穷人一家一辈子都没有见到过啊！

现在穷人醒悟了：他那个有钱的亲戚骗了他。他只给了几个银币，却把金羽毛全拿走了。"算了吧！"穷人想，"欺骗别人的人，到头来必然是欺骗他自己！"

事情果然就是这样。

从此以后，弟兄俩每人每天都在枕头底下拿到一只金鸡蛋。父亲把这些金鸡蛋卖了，得到许多许多钱，日子过得无忧无虑。弟兄俩的理想也实现了：他们都念了书，成了很有学问的人。

命运的挫折

雨季来临了。下过第一场雨后，彼帕尔村就繁忙起来了，人们从事着各种农活。在阴沉的天气里，他们扛着犁，赶着牛，去田里耕种。几天之后，种子发芽破土，田野里一片翠绿，这是多么喜人的景色啊！农民们看了非常高兴。

随着一场场的降雨，幼苗茁壮地成长着。突然天气又变得热起来，中午火辣辣的太阳，晒得人们难以忍受。要是再不下雨，田里的禾苗就要枯萎了。

有一天，天空出现乌云，开始很小，慢慢扩大散开，不一会，整个天空都布满乌云。突然雷电交加，下起了倾盆大雨，农夫们赶紧跑回自己的茅屋。

这时有五个农夫正在田里干活，他们离家较远，就跑到一棵高大的菩提树下避雨。但是，雨太大，稠密的树叶挡不住雨水落下。不一会儿，五个人都湿透了，雨水顺着身子往下流。

这时，天空中电闪雷鸣，五个人觉得，隆隆的雷声就像在头顶上一样，似乎预示着大树要被击毁。这使他们感到十分可怕，怎么办呢？冒着倾盆大雨跑回村里不可能，而站在树下，要是雷电发怒，可能会带来毁灭之灾。

其中一个人说道："站在树下很危险，老天爷随时都可能把树击倒。"

另一个人说："但我们有什么办法呢？"

第一个人又说："这是需要我们解决的一个问题。很显然，闪电就是死神派来的特使，我们中总有一个人，死期临近了。"

其他人都默默地听着他俩的谈话，他们心里也在考虑着怎么办。

"如果我说的是真的，那我看不出有什么理由我们一定要同他同归于尽。"

"但我们不知道谁应该死呀，我们怎样能保住自己呢？"

"这个问题，我考虑过了，并且想出了一个办法。假若你们保证照办，我就告诉大家。"

"因为这关系到我们大家，所以不管你说什么，我们都愿意干，当然条件是，你不能提出我们办不到的事。"

正在这时，闪电划破长空，响起了震耳欲聋的雷声，那个人眨着眼，吓得直往后缩。

"快，快！让我们听听你的高见。闪电似乎已不耐烦了，如果我们再迟疑，很可能就在我们头上来一下子。"

"喂，死神已变为闪电，正等着把我们中的一个人带走呢。"

四个人都点头表示同意他的话。

"现在你们都看到对面田里的那棵树了吧?"

四个人都点头表示看到了。

"我们要一个一个地从田里跑过去，摸一下那棵大树再回来。谁该死，只要他离开这棵菩提树一跑，老天爷准会打雷击死他。这样，其他四个人就可以保住了。"

这个主意得到了大家的同意，并确定了跑的先后次序。第一个要跑的人吓得脸色苍白，腿都发软了。但他还是攥起拳头，鼓足勇气，跑了出去。这时一道闪电，照亮天空，好像万盏灯火齐明，他差点儿吓瘫了，好不容易摸一下那棵树，跑了回来。

接着，三个人也那样地跑出去，并跑了回来。当然，在他们经受这种考验时，所感到的精神痛苦，那就不必细说了。但他们跑回菩提树下，就完全放下心来，并把刚才的痛苦和不安忘得一干二净。

现在轮到第五个人，他吓得已近半死，因为其他四个人都平安无事地跑回来了。所以他自己以及其他四个人都认为，他就是死神要带走的对象。他看看要穿过的田野和必须去摸的那棵树，吓得魂不附体，两腿发软，瘫在了泥地上。

"起来，"其他人说，"我们跑了，你也得跑，去，摸一下那棵树。"

"不！"他哭着说，"我不去，我要是跑出去，肯定会被击死。"

"也许是这样，我们已经经受了考验。你就是死神为之发出信号的那个人。现在我们不准你回来，你必须跑过去，摸摸那棵树。"

"先生们，"他悲痛欲绝，哭着说："请你们不要故意让我去送死。很显然，你们大家都比我寿命长，如果我同你们待在这儿，也许能得救，因为只要你们在这儿，老天爷不可能击死我的，可怜可怜我，救救我吧！我永远感激你们。"

"别废话，我们不想为你而把我们的命搭进去。马上去跑！"

四个人一边说着，一边把他推了出去。他没跑几步，只见电光一闪，一个巨雷把下面站着四个人的那棵菩提树击毁了，四个人全送掉了性命。

第五个人淋着雨，站在田野中，被眼前的情景惊呆了。

弃老山

这是很早很早以前的故事。传说在萨摩国有位嫌弃老人的国主向全国颁布一道非常野蛮的命令：但凡父母到了六十岁，就得由他们的儿子或孙儿带到山上去扔掉。要是不遗弃，侯爷就会处以重刑。这真是太残酷了，又是多么不孝的习惯啊！但是，因为这是自古遗留下来的旧习惯，在当时谁也没有办法改掉它。

那时，在一个村子有一位老父亲，已经到六十岁了。他的儿子和孙儿商量好，把老人家装在筐子里，用杠子抬着慢慢地向山里走去。他们在路途中通过浓荫蔽天的大森林，有时不得不分开灌木丛前进，越走越到深山里去。这时，六十岁的老父亲在一路上，从筐子里伸出手一个劲儿地、噼啪地折断路旁的树枝。孙儿见了憨直地问道："爷爷，您是不是被扔在深山里以后，还打算回村子里去，所以沿途弄断树枝做个标记？"

爷爷回答说："傻孩子，你说些什么呀？爷爷已经是被遗弃的人啦！根本没想要回村子。我折断这些树枝，全都是为了给你们作路标啊，为的是让你们在回村子的时候不至于迷路！"

儿子和孙子听后，不由得热泪盈眶，放下筐，抱着老人的脑袋，放声大哭，异口同声地哀求说："爷爷，请您宽恕我们吧！"

爷爷说："不，不，没有什么，没有什么，把我抛弃，不是你们的过错。这是自古遗留下来的坏习俗。我一点也不埋怨你们。好啦，好啦，就把我扔在这里，你们回去吧！"

听了爷爷说的这一番话，儿子和孙子更是心如刀割，非常悲痛。他俩说："太对不起您老人家啦。我们怎能忍心把这么好心的爷爷扔在这个深山老涧里呢。我们情愿接受侯爷的任何惩罚，请您老人家和我们一起回村里去吧。"

这样，他们终于把老人抬回家里来，神不知鬼不觉地把他藏在库房地窖里，瞒着官府偷偷地送饭供养他。

这个时候，突然邻国派来使者，向国主提出了三个难题，要萨摩国解答。并说倘使解不开这三道题，他们将出兵灭亡萨摩国。这三个问题是：首先，他们送来了颜色相同、大小一样的两条蛇。让萨摩国的人辨别："哪一条是公蛇，哪一条是母蛇？"

于是，许多人聚拢来，看着这两条蛇，歪着脑袋苦思冥想。"哟，这可不好办呀。"猜来猜去，没有一个人能辨别雌雄，都感到头痛。要是解答不了难题，这将是萨摩国的一大耻辱，也可能遭到灭国之祸。国主为难，就发出了一个通知，征募贤者来解决。孙儿把这情况告诉了藏在库房里的爷爷，爷爷听了后说："这算什么！在客厅里铺上丝绵，让两条蛇在上面爬爬看。其中一条趴在那儿不动，另一条则慢吞吞地往外爬。往外爬的是公蛇，老老实实趴着不动的是母蛇。"

孙儿把这话禀告了本国的官员，官员听了也很高兴，立即如此这般地回答了出难题的那个国家。就这样首先解决了第一个问题，免受耻辱。

可是，那个邻国又出了第二个难题。他们送来了削得颜色、形状和粗细都相同的两根仅有三尺长，好像挺稀罕的木棍。要萨摩国区别："哪一根是树根底部的老木棍，哪一根是前梢的嫩木棍？而且要指出每一根哪一端是前梢，哪一端是树根？"

这也没有一个人能够解答。这时，孙儿又去问他爷爷。爷爷说："我当是什么？原来是这么一点事。"于是马上就教给孙儿解决难题的办法。他说："把两根棍同时扔进长流不息的河里：浮起来的是嫩木棍，沉下去的是老木棍。经流水一冲，朝前的一端是前梢，坠后的一端是树根。"

第三次，邻国使者送来一颗圆玉石，它剔透玲珑，内中有一个七弯七曲的小孔。让他们用一根线，从这小孔穿过去。大家一时都没有主意了。孙儿回到家来，钻进库房问躲在地窖里的爷爷。爷爷听了后，告诉小孙儿："在孔眼的一头涂上蜜糖，然后把线系在蚂蚁的腰上，让蚂蚁从扎眼的另一头爬进去，线也就穿过去啦。"孙儿照这办法一试，果然灵验。

当萨摩国按这些办法解答后，出谜的国家的国主很佩服，说："萨摩国真是聪明人云集的国家呀！"

打那以后，就再也不敢出难题了。萨摩国多亏这孙儿解决国家的危难，于是国主把孙子传来问话："你这个毛孩子是怎样解答那些难题的呢？"

孙儿照实情回答了，他说："老实说，我们家库房里藏着六十岁的爷爷，我实不忍心把爷爷扔到山洞里，所以，就把他老人家背回来，安置在地窖里养活着。国主的命令，不敢违抗，真是进退两难，而我又不知道该怎么办才好。碰巧，国主贴榜招贤解答难题，这三道题都是我爷爷给解决的。"

国主听了以后，很受感动，这才恍然大悟，开始懂得老年人有丰富的经验和智慧，应该受到爱护。他说："看来，老人阅历广，经验多，有用处，而且应该受到尊重。扔到山涧里是不对的。"据说，从此以后，国主颁布了一道命令：在萨摩国老年人不但不再遭到遗弃，而且加倍地受到尊重。

坏的习俗已破除，老人从此庆新生！

剪舌雀

这是很早以前的事情了。一个老公公和一个老婆婆养着一只麻雀，老公公非常喜爱这只麻雀，老婆婆却不喜爱它。

有一天，老公公要到山上去砍柴，临行时对老婆婆说：

"不要忘记，给雀儿喂些吃的！"说完就走了。

老婆婆要到河边去洗衣裳，煮了一点儿糨糊，准备回来浆衣裳，她对麻雀说：

"雀儿，雀儿，可不许舔这糨糊呀！"

"是的，是的，我不舔。"可是因为麻雀实在饥饿难忍，就舔了一口，接着又舔了一口，最后竟把糨糊舔光了。老婆婆一回来就问：

"雀儿，雀儿，糨糊呢？"

"太香了，我把它舔完了。"老婆婆一气之下，把麻雀的舌头剪断了，并把它赶出去。

老公公回来不见麻雀，就问：

"老太婆，老太婆呀！咱们的雀儿呢？"

"我叫它不要舔糨糊，它不听话，我把它的舌头剪掉打跑了。"

"哎呀，那太可怜了，叫我去找它回来吧。"说着就出去找他的麻雀了。一边走一边高声呼喊：

"剪舌雀，剪舌雀呀，你在哪儿？"

"是老公公，还是老婆婆？"听到有一个声音在问。

"我是老公公。"

"是老公公呀，到这儿来！到屋里吃点儿东西吧！"麻雀把老公公领进宫殿般的大房子里，摆上一桌酒席给他吃。在老公公要走的时候，麻雀指着两个口袋对他说：

"拿点儿土特产回去吧！你要大的，还是要小的呢？"

"嗯，大的我背不动，就拿这小的吧。"老公公背着一口袋金银财宝回到家里。

"老太婆，老太婆呀，我回来了。"

"啊，你回来了，怎么样？"

"我找到了，吃了好饭菜，还带回来了土特产。"

"好是好，就是太少了。"

"雀儿问我要大的还是要小的，我说大的我背不动，就把这小口袋拿回来了。"

"哎！你这个老东西呀，真是个大草包。若是我，一定背那个大的。"老婆婆气得脸都红了，"好了，叫我去背那个大口袋吧！"说着就走了。她一边走，一边呼喊："剪舌雀，剪舌雀呀！你在哪里？"

"是老公公，还是老婆婆？"听到有一个声音在问。

"我是老婆婆。"

"是老婆婆呀，到这儿来！到屋里吃点儿东西吧！"麻雀把老婆婆领进宫殿般的大房子里，摆上一桌酒席给她吃。可是老婆婆没有心思吃酒席，就说：

"我不是来吃酒席的，是来拿土特产的。"

"你要大的，还是要小的呢？"麻雀指着两个口袋问她。

"嗯，我要大的。"老婆婆豁出命来把大口袋背走了。

老婆婆越背越重，她想：

"这么重，一定是些值钱的宝贝，我可不想分给那个大草包的老东西。有了，还是先叫我开开眼界吧。"说着解开了口袋，猛地从里面蹿出来一条大蛇，老婆婆还没来得及迈动一步，就被大蛇一口吞进肚里去了。

老婆婆做了坏事，受到了应得的惩罚。

狼为什么总是夹着尾巴

很多年以前，世界上动物的数量不多，各种动物都友好和睦地生活在一起，从不相互欺侮。找到食物时经常是大家共同分享。有翅膀的禽类和没有翅膀的兽类像好朋友一样，有什么事商量着解决。日子平平安安地过着，禽类和兽类彼此常来常往，关系十分密切。

随着时间的不断流逝，地球上的气温逐渐冷下来，气候的改变使自然界也发生了变化，原先盛产粮食的地方变成不毛之地或是冰雪地带。加之各种动物又繁殖了许多后代，使动物的总数增加很多，生活困难，食物由丰盛有余变得紧张不够吃，动物们开始抢东西吃。驯顺的或懒惰的动物都有饿死的危险，争夺食物的恶斗经常发生。动物的首领一再劝告、制止，但丝毫不起作用。特别是兽类和禽类争夺食物的矛盾，显得格外突出。

兽类没有翅膀，行动不快，因为抢不到食物而经常挨饿。有翅膀的禽类则来去自如，要去哪儿一会儿就飞到，过河、翻山、越野都不像四只脚的兽类那样困难，哪儿食物多，就到那里，把食物吃完，又转移到别处。等四只脚的兽类闻讯赶到，食物早已被禽类一抢而空。所以，兽类的生活更觉得艰难。

兽类终于无法忍耐了，便召开会议商量如何维护自己的权益，如不做出果断的决策，将要统统饿死。最后，决定选派狼当全权代表，去和禽类谈判。

狼找到禽类，要求他们划分一些食物较多的地区专门留给兽类。禽类表示拒绝接受这种要求，因为他们有权随心所欲地飞往各地，不准它们飞到一些食物丰富的地方是违反他们意愿的。况且禽类的数量也很多，有些禽类同样在挨饿。

狼再三恳求，禽类都不肯松口。狼十分生气，就说："好吧，既然好说你们不听，我们就宣布绝交，此后双方将视为仇敌。"

狼回去把情况告诉了同伙。兽类十分愤慨，立即全体动员，进军攻打禽类。禽兽之间发生了大规模的战争。

第一仗，双方都使出了全身的本事，各种手段都用出来。禽类有翅膀，飞在高处，掌握主动，居高临下，便于袭击，终于获得第一仗的胜利。

兽类败阵回来，开会总结失败的原因。狼在会上发言说："这次失败主要是因为没有很好的配合，进攻没有秩序，下次要按统一的指挥行动。大家以我的尾巴为信号，尾巴竖起就是进攻；朝左边摆，从左翼快速进攻；朝右边摆，右侧的部队毫不犹豫向前推进；尾巴摇圆圈，全体总进攻，尾巴夹起，表示情况危急，大家快逃。"

野兽们记住了狼规定的信号，又投入了第二天的战斗。在狼的统一指挥下，兽类取得优势，很多飞禽受伤，渐渐支持不住，落荒而逃。第二天再战，禽类再次失败。

这下轮到禽类开会讨论战败的原因，尽管会上谈了许多意见，但都没有说到点子上。

有一只猫头鹰，由于年迈没有参加战斗，但禽兽交战时他没有闲着，他站在树枝上观阵，因而明了自己这方面失败的原因。猫头鹰告诉飞禽们说，近来之所以连续惨败，是因为兽类有巧妙的作战方法，他们以狼的尾巴为信号，狼的尾巴指向何方，他们就马上从那里进攻。猫头鹰还出主意说："我年龄大了，不能上阵助战。我建议：只要哪个飞禽设法把狼的尾巴弄伤，使他不能指挥，我们就一定获胜。"

大家静了一会儿，黄蜂和蜜蜂挺身而出，愿承担专门对付狼的任务，希望大家明天协力奋战，夺取战争的最后胜利。

第二天开战，两边打了一阵子。黄蜂和蜜蜂径直飞去缠住狼，蜇他的头部和身子，特别是把尾巴当作主要目标。狼被蜇得很疼，没办法把尾巴翘起来左摆右摆或来回摆，不能给同伴发出进攻的信号，只能把受伤的尾巴夹在屁股下。

野兽们看不到狼的进攻信号，只见狼夹着尾巴到处乱跑，以为情况不妙，纷纷溃散而逃。

战斗结束后，禽类获得最后的胜利，照旧随心所欲地到处寻食。至于狼，以前尾巴经常是像狗一样的翘着，因为被黄蜂和蜜蜂蜇怕了，只好随时随地夹在屁股底下，直到现在还是这样。

鳄鱼的眼泪

鳄鱼决定到陆地上去碰碰运气。他从河里爬出来，沿着田野爬行，他一直往前爬，不停地爬着。当他进入沙漠的时候，见到的是无边无际的沙海，连小树和小灌木都不生长。这时烈日当空，沙砾滚烫，鳄鱼已经爬得精疲力竭，再也无法爬行了。他躺倒了，直喘气，考虑着如何脱离险境。忽然他发现在不远的地方有一个叫布阿亚阿的年轻小伙子，鳄鱼想道，我得救了，并高声喊道："朋友！请您到我这儿来！"

青年人听到喊声，就顺从地走了过来。

"朋友，我看你一定是个英雄，"鳄鱼装出一副亲切的样子说："你的双腿像棕树的树干一样坚挺有力，你瞧瞧，我是多么苍老呀！我已经迷路了，身子也不舒服，无论如何不能返回到河里去了。对于你来说，把我带到河边去是一件轻而易举的小事，行行好，帮帮忙吧，我要奖赏你，将永远感谢你。"说着说着挤下了几滴眼泪。

小伙子想道：如果我能得到一些钱，就可以买上一把米，就让我将他带到河里去吧。他将鳄鱼扶起来背在背上上路了。

青年人好不容易将鳄鱼送到河边，放在河岸上。

鳄鱼又从眼睛里挤出几滴泪水，说道："你看看，你的关心使我大为感动。老实说，我可以毫不费力地吃掉你，但是我并不这样做，而现在只要你的一条腿就满足了。”

青年人气愤地叫嚷道：“怎么，我救了你，而你用……来代替你允诺的奖赏！”

“啊！”鳄鱼打断了小伙子的话，流着眼泪说：“你没有觉察我的感激之情，要知道我是为了保全你的生命，否则我可以一口把你吞下肚子。”

争吵声唤醒了正在打瞌睡的苍鹭，苍鹭大声喊道：“喂！你们在那儿干什么呀！为什么吵闹不休？”

小伙子给苍鹭讲述了事情的经过。“苍鹭先生请你评评理，谁是谁非。”

苍鹭同意了，开诚布公地说：“我就不相信你能够背得动这个十分沉重的鳄鱼先生。为了使我信服，你得先让我看看，是怎样做这件事的，你把鳄鱼先生背起向相反的方向走去。”

年轻人又把鳄鱼背起来，背到原来的地方。苍鹭一本正经地跟在他们的后面。“年轻人，你将鳄鱼放到地上。”

苍鹭问道：“鳄鱼兄弟，是这块地方吗？”鳄鱼点头证实无误。“你没有青年人的帮助能够自救吗？鳄鱼，请你讲真话！”

鳄鱼温驯地回答说：“不能。”

苍鹭道：“怎么样？年轻人你决定吧，你想不想重新再救他啊。”

年轻人笑着说：“我不想再同伪君子、骗子打交道了。”

从那时候开始，马来西亚人称伪善者的眼泪叫作鳄鱼的眼泪。

捧着空花盆的孩子

很久很久以前，在一个国家里，有一个贤明而受人爱戴的国王。但是，他的年纪已经很大了，而且没有一个孩子，这件心事，使他很伤脑筋。

有一天，国王想出了一个办法，说："我要亲自在全国挑选一个诚实的孩子，收为我的义子。"他吩咐发给每一个孩子一些花种子，并宣布：

"如果谁能用这些种子培育出最美丽的花朵，那么，那个孩子便是我的继承人。"

所有的孩子都种下了那些花种子，他们从早到晚，浇水、施肥、松土，护理得非常精心。

有个名叫雄日的男孩，他也整天用心培育花种。但是，十天过去了，半月过去了，一月过去了……花盆里的种子依然如故，不见发芽。

"真奇怪！"雄日有些纳闷。最后，他去问他的母亲：

"妈妈，为什么我种的花不出芽呢？"

母亲同样为此事操心，她说：

"你把花盆里的土换一换，看行不行。"

雄日依照妈妈的意见，在新的土壤里播下了那些种子，但是它们仍不发芽。

国王决定观花的日子来到了。无数个穿着漂亮服装的孩子们拥上街头，他们各自捧着盛开着鲜花的花盆，每个人都想成为继承王位的太子。但是，不知为什么，当国王环视花朵，从一个个孩子面前走过时，他的脸上没有一丝高兴的影子。

忽然，在一个店铺旁，国王看见了正在流泪的雄日，这个孩子端着空花盆站在那里。国王把他叫到自己的眼前，问道：

"你为什么端着空花盆呢？"

雄日抽泣着，他把他如何种花，但花种子又长期不萌芽的经过告诉给国王，并说，这可能是报应，因为他在别人的果园里偷摘过一个苹果。

国王听了雄日的回答，高兴地拉着他的双手，大声地说：

"这就是我的忠实的儿子！"

"为什么您选择了一个端着空花盆的孩子来继承王位呢？"

于是，国王说：

"子民们，我发给你们的花种子都是煮熟了的种子。"

听了国王这句话，那些捧着最美丽的花朵的孩子们，个个面红耳赤，因为他们播种下的是另外的花种子。

朋友和仇敌

从前有一个又诚实又厚道的人，他为人慷慨，对人和气，大家都管他叫"朋友"。有一天，朋友决定出外旅行。他把家里所有的东西都卖光了，买了一匹马，备好马鞍，把行李和粮食放在鞍袋里，口里喊着安拉，骑着马走出了村子。

他没有走多远，就发现有人骑着马跟在他后面。朋友勒住马，等这个陌生人赶上前来，和他打过招呼，问他叫什么名字。

"我叫仇敌。"陌生人回答。

"这个名字可不好！"朋友大声说，"谁给你起的？"

"我父母起的，所有的人全都管我叫仇敌，我有什么办法？你叫什么名字？"

"我叫朋友。"他回答。

朋友和仇敌两个人决定结伴旅行。他们骑着马朝前走，一直来到一股清澈的泉水旁边。那里有一棵大树，根据树影判断，已经到了正午。因此，他们决定停下来吃午饭。

仇敌说："咱俩现在是旅伴了，一块儿吃吧。没有必要两个人都打开鞍袋，咱们先吃你的，吃光了，再吃我的。"朋友觉得这主意不错，他打开鞍袋，拿出干粮和美酒，请仇敌一块儿吃。他们照这样旅行了几天，终于把朋友的东西都吃光了。

现在该仇敌拿出干粮来了，但到了吃饭的时候，仇敌拿起干粮，走到别处一个人吃。朋友的脸皮很薄，不好意思说什么。过了几天，他饿得浑身发软，只好对仇敌说："我们说好两个人一块儿吃饭，你把我的粮食吃光了，现在你却不让我吃你的粮食。"

"我可不是一个笨蛋，"仇敌说，"我们说不定还有很长的一段路，我把粮食分给你，很快就吃光了，那时，我们两个人都得挨饿。我留着一个人吃，至少我不至于饿死。"

"如果你这样想，我们就没法在一块儿旅行了。"

他们走到十字路口就分手了，朋友骑着马，朝前走了不多时，天黑下来了。他来到一个破旧的磨坊，把马鞍卸下来，让马去吃草，自己走进那个荒废的磨坊，在那里过夜。他发现磨坊的一个墙角前边，放着一块大石头，为了安全起见，他藏在石头后面，拿鞍袋作枕头，很快就睡着了。

没睡多久，他就被吵醒了。他探出头来，在月光下，他看见了一只狮子、一只老虎、一只狼和一只狐狸在一块儿聊天。狮子忽然说："我闻到人的气味了。"这句话，差一点儿没把他吓死。但老虎说："不会有人敢走进这个磨坊的。"狼加上一句，"走进这个鬼地方，可需要点勇气。"狐狸表示同意说："用不着担心，我们可以照常讲我们的故事。"

"咱们讲一讲最近听到的秘密吧！"狮子建议说。

"我们身边就有一个很有趣的秘密，"老虎说，"就在这个磨坊里边住了几只老鼠，他们搜集了许多金币。晚上月亮升起之后，他们就把金币搬出来，在屋顶上摊开，然后在月光下，在闪闪发光的金子旁边跳舞和游戏。玩到天亮，才把金币搬回他们的黑洞。"

现在轮到狼讲他的秘密了："有一个国王，他的女儿得了精神病。"他说："她一天比一天消瘦，只有一种药草，能够治好她这种病。附近有一个牧羊人，他种这种药草，用草根喂羊。他的羊是全国最健康的。用牛奶煮药草根给公主喝，就可以治好她的病。"

现在轮到狐狸讲了："离磨坊不到一里的地方，有一片荒地，上面原来有一座王宫，地下有一股清泉。可是王宫倒塌多年了，清泉也被泥土和垃圾堵死了。在清泉没有堵死之前，那个地方原是一座非常美丽的花园，那里有果树和鲜花。现在呢，只剩下光秃秃的一片荒地了。"

故事讲完之后，他们都回家了。朋友确信他们走了之后，就从石头后面走出来，去看看老虎讲的故事是真是假。他爬上屋顶，看到那里有好多金币，在月光下闪闪发光。几只老鼠正在高兴地围着金币跳舞。朋友朝他们扔了一块石头，把他们吓跑。老鼠跑回洞去了，他就把他的衣袋装满了金币，把马找回来，跑到附近的村子去过夜。

第二天早晨，他走出村子，在村外看见一个牧羊人，坐在羊群当中。他的羊长得又肥又壮，他想起了狼说的故事，就跑到牧羊人那里，问他能不能给他一些草根。起先，牧羊人不大愿意，但朋友给了他几个金币，牧羊人就很高兴地给了他一些那种罕见的、神秘的草根。

朋友一直来到公主居住的那座城市。那里的人都很忧虑，很悲伤。他们告诉他，公主生病了。说的和狐狸讲的完全一样。他说他能治好公主的病。他们警告他说，如果治不好，就要被处死刑。朋友听了，并不害怕，他来到王宫，被带到公主面前，他向他们要了一点牛奶，把草根放在里面，煮开了给公主喝。没过几个钟点，公主的脸就渐渐红润起来了。她又恢复了健康，感到十分快乐。

全国的人听到这个消息，都高兴极了。后来又听到公主和朋友相爱结婚的消息，他们就更加高兴了。国王没有儿子，他想让朋友继承王位，但朋友有一个更好的计划。

他把妻子带到狐狸说的那个废墟那里，把香甜的清泉挖出来，在那里造了一所漂亮的房子。几年之后，这个地方就变成了一座全世界最美丽的花园。

春天来了，有一天，朋友和他的妻子带着孩子在花园里散步，他看见远处有一个人骑着马朝他们走过来。当他走近时，朋友发现他就是仇敌——他从前的旅伴。仇敌问朋友，他的情况怎么会这么好，朋友把事情经过前前后后都告诉了他。仇敌非常羡慕朋友的好运气，他决定自己也到磨坊去看看，说不定他也会从狮子他们那里听到一些新秘密，像朋友一样会成富翁呢。

他来到磨坊，藏在石头后面，不久以后，正像朋友说的那样，狮子、老虎、狼、狐狸都来了。仇敌非常高兴，毫无疑问，他准会听到好消息。

"我闻到人的气味了，"狮子说。"一定是那个上次偷听我们秘密的人，"老虎说。他们已经知道有人偷走了老鼠的金币，认识到上次狮子说他闻到人的气味是对的。"他一定藏在什么地方了。"狼说。"咱们来找一找。"狐狸说。

没有多大的工夫，他们就找到蹲在石头后面的仇敌，他们把他拉出来，撕成四块，分着吃了。

这就是仇敌的下场。朋友一直过着幸福的生活，我们的故事到此也就结束了。

让诺和他的神笛

有一天，一个善良的农妇正在揉面。桶底上留了一小块面团团，她就想："我就给我的儿子让诺烤一块蛋糕吧！"

这个善良的女人往面里倒了一点油，又打了两个鸡蛋，给她的儿子让诺烤了一块又好吃、又好看的蛋糕。这块蛋糕红艳艳、金灿灿的，叫人一看就喜爱。蛋糕烤好之后，她就把儿子叫到跟前，把蛋糕给了他，让他和别的孩子一起上街玩去了。

让诺出去以后，就坐在马路上吃起蛋糕来。这时候，正好有一个走路踉踉跄跄的老太婆从他身边走过。

"你好啊，让诺！"老太婆对他说，"哎呀，你的蛋糕真是太好吃了，能给我一小块尝尝吗？"

"这有什么好说的？你既然想吃，就把这一整块都拿去吧！"

"谢谢你了，让诺，你的心肠真好！不过我不需要你的整块蛋糕，你只要给我半块就行了。"

善良的老太婆吃了这半块蛋糕，就从背包里掏出一个戒指和一根长笛，送给了让诺。

"我不想欠你的情。"老太婆说,"你给了我半块蛋糕,我就把一个戒指和一个神笛送给你。你要好好爱护它们,这些东西,你在生活里都会用得着的!"

让诺向老太婆道了谢。等她走了之后,他就想试试这些东西的用途。

他把戒指往手上一戴,就立刻变成了一个很小很小的小人。

"难道我就成了这个样子,再也长不大了吗?"让诺心里想。

可是,他刚刚产生这个念头,他就立刻开始长啊,长啊……不知不觉地,他已经高过了草地,又高过了风车。

让诺把戒指一摘,又立刻变回了原来的样子。

他又把神笛拿出来吹吹,经他一吹,周围的一切都突然跳起舞来,他们又跳又蹦,而且脚步越跳越快。让诺心里想:"好了,该知道的东西我现在都知道了,现在我可以走遍全世界了。"

让诺沿着大路向城里走去。

到了傍晚,这条路把他带到一座森林里。一群强盗发现了他,就跟在他后面追。让诺把戒指往手上一戴,马上变成了一个很小很小的小人,藏到一个碎蛋壳的下面。强盗没有发现他,从他的身边跑了过去。

让诺把戒指一摘,又变回了原来的样子,从另一条路往前走。但是,另一伙强盗又来追他了,他只好又变成小小人,藏在一个菜叶子底下，就在那里过了一夜。

早上，让诺到了一座城堡，请求主人接待他。仆人把他带到主人跟前，原来，这是邻国的国王。

"小孩，你到这儿来想干什么？"国王问。

"我就想在你这儿吃饭、喝水、睡觉。怎么样，你同意吗？"让诺反问他。

"你这个无耻的家伙，冒失鬼，我要命令大家狠狠地揍你一顿！"

"我不怕你，也不怕你的仆人。我胜过所有的侏儒，也胜过所有的巨人，不信你就等着瞧吧！"

在大庭广众面前，让诺突然变成了一个像蚊子一样大的小人。国王心想，让诺已经变得叫人看不见了，他的气也就消了。于是，他吩咐手下的好好招待他吃一顿午饭，还给他安排了一个房间，派了两个仆人。

国王有一个女儿，是世上少有的美人，让诺看到了，就对她一见钟情，于是，他就告诉国王，说他要向公主求婚。

国王说，这件事他需要考虑三天再做出决定。三天之后，他把让诺叫来，对他说：

"让诺，我曾经做出过决定。只有当一个人用实际行动证明自己是最机灵的人的时候，我的女儿才能嫁给他。现在我交给你一个任务：明天，你带上十二只白兔和十二只黑兔，不许系任何绳子，把它们带到田野和树林。如果你能在太阳落山之前把它们统统带回城堡，就可以娶我的女儿。你能接受我的条件吗?"

"接受!"让诺回答说,"我一定完成任务!"

第二天,让诺领了十二只白兔和十二只黑兔,把它们带到了田野里。这些兔子根本不守规矩,早就想各奔东西了。但是,让诺拿出神笛一吹,兔子就只好围着他跳舞,让诺一边走,它们一边跳,整整跳了一天,太阳快要落山了,让诺就把它们统统带回了城堡。

国王想再试他一次,又对他说:

"明天要有一个刽子手来抓你,落到他的手里之后,你要想办法逃避一死。你要是能经受住这一场考验,我就把女儿嫁给你。"

第二天一早,宽敞的院子里果然架起了绞刑架。国王亲自来到阳台上,要观看刽子手绞死让诺。可是,刽子手刚刚要把绞索往让诺的脖子上套,让诺忽然变得又高又大,高高的绞刑架只能当他的凳子了。

刽子手仰头一看,只见让诺越长越高,已经同城堡上那个最高的塔楼平齐了。他用胳膊扶着塔顶,一脚就把绞刑架踢到一边去了。

但是,让诺是个好青年,他真诚地爱着国王的女儿,所以,他又变回了原来的样子,问国王:

"陛下,你的两个要求我都做到了,现在我能不能娶你的女儿呢?"

国王再也说不出什么,他只好同意了。当然啦,他的女婿既然能变得和塔楼一样高，又能变得和蚊子一样大，这有什么不好呢？这不是能给王宫的生活增添许多乐趣吗？

让诺派人接来了自己的母亲，老人参加了儿子的婚礼，而且就在王宫里住下了。国王死后，快乐的让诺继承了王位，统治着这个国家。

狼和驴

一只饿狼正在森林里找东西吃，忽然看到了一头驴。狼舔舔嘴唇，高兴得不得了，心想："这可是一笔意外的收获！"他连忙跑到驴的跟前，问驴：

"你是从哪儿来的？"

"我是从村子里来的。"驴回答说。

"那很好！"狼说，"你来得正是时候。我已经饿极了，正等着吃你呢！"

驴子听了直摇头，竖起耳朵，连忙倒退几步说：

"狼啊，别吃我吧！"

"我可没有别的办法。"狼说，"我就是要吃你！"

"哎呀，狼啊，你就是吃了我，也不能管你饱一辈子。"驴说，"你最好还是别吃我，我可以帮你弄到肉，足够你吃一年的呢！"

"真的吗？"

"当然是真的！狼先生，请你骑到我的背上来，我可以把你送到草地去，那里有一群一群的绵羊。你可不知道，那些羊有多肥呀，那些可爱的小羊羔，简直是数也数不清。它们的肉又嫩，又鲜，可好吃呢。到了那儿，你想吃多少就吃多少！"

听驴这么一说，狼可高兴了。从来也没有人称过他为"先生"，从来也没有哪一种动物主动让他骑过，从来也没有人答应过要给他整群的肥羊，还有那可爱的小羊羔！

狼已经把自己确确实实地当成一位"先生"了。他朝驴看了一眼，打起官腔说：

"好吧，就这样决定了！我已经同意骑到你的背上了，可是得有个条件：你不许乱蹦，不许上山，要走得稳稳的，专门找平地走才行。要是让我在上面颠簸，我可不愿意！"

"狼先生，你就放心好了，你骑到我背上，我一定让你感到舒舒服服的！"

于是，狼骑到了驴的身上。为了坐得稳，他用牙齿死死地咬住了驴的长耳朵。

驴在森林里沿着小路慢慢悠悠地走着。他走得很稳，遇到大木头、大石头，他都绕过去，一边走，一边还问：

"狼先生，你感到舒服吗？是不是有点儿颠簸？"

"没什么！"狼说，"一点也不颠。就这样继续往前走吧。注意，可别惹我生气啊！"

狼骑在驴背上，东看看，西望望，非常得意。他想："也许我确确实实是一位受人尊敬的先生呢！"

驴走着走着，已经出了森林，朝一个村子走去。

"喂，驴啊，羊群在哪儿呢？我怎么没有看见呀？"狼肚子饿了，着急地问。

"马上你就要看见了，狼先生！"驴越走越快。过了一会儿，狼又问：

"那羊群，羊羔到底在哪儿呢？"

"你别担心，狼先生，你要吃的东西，过会儿就都有了，又有羊群，又有羊羔！"

说着说着，驴已经跑到了村里。他驮着狼，在村里的大路上边跑边喊：

"大家看呀，我驮来了一只狼！"

人们一听，都从屋里跑了出来，有的拿棍子，有的拿叉子，有的拿铲子，人人都喊：

"你这个坏东西，你咬死了我们多少羊！现在你又想害驴了，大家快来打恶狼啊，千万别放过这个畜生！"

各家各户的狗也跑了出来，汪汪汪地叫着向恶狼扑过去。

狼看到情况不妙，赶紧从驴背上跳下来，不要命地向村外逃去，一边跑，一边想：

"我的爷爷原来是很谦虚的，爸爸也是一样，他们从来也没有骑过别的动物。今天我倒拿起架子，骑到驴的身上，作威作福了一阵子，可是险些送了命。不！我以后再也不当这个'先生'，再也不骑驴了！"

急急忙忙惹人笑断肠

乌龟大婶想烙饼，可是却找不到酵母来发面。于是，她就喊正在睡熟的老伴：

"快醒醒吧，老乌龟，别睡啦！快去找兔子大婶要点酵母来！"

老乌龟正在说梦话呢，他被乌龟大婶叫醒后，一肚子不高兴，睡眼惺忪地问道：

"你要我干什么？"

"我叫你赶快跑去找兔子大婶要点酵母来！"

"我从出世以来还没有跑过呢，叫我慢慢地爬到还可以。"老乌龟嘟嘟哝哝地说。

他一边说，一边从炕上坐起来，先在腰里抓了一阵痒，再慢慢地呼哧呼哧地往下爬。

"你就不能快一点吗？真叫人发愁！"乌龟大婶不住地催他。

"你急什么呀！俗话说得好，急急忙忙，惹人哭断肠！"老乌龟顶了她一句。

他下了炕，把脚往毡靴子里一套，再穿上衣服，戴上了帽子，一身整整齐齐，从来也没有这么讲究过。

"你磨蹭什么呀？快走吧，时间可不等人！"乌龟大婶一再地催促他。

"我的腰带不知道放到哪儿了，怎么找也找不到。"

"我怎么知道！"乌龟大婶生气地喊了起来，可是又没有办法，只好帮他一起找。

乌龟瞎忙，这是大家都知道的。他们光是找腰带，就用了整整一个星期。

老乌龟把衣领往上一翻，一只脚已经跨过了门槛，另一只脚随后也跟上了……现在，事情已经在顺利地进行。

"你可别慢慢腾腾的，我们已经请了客人，他们都等着吃烙饼呢！"

"我知道，我知道……"

"你带碗了没有？"

"啊，忘了！……你给我送过来吧，我不想再往回爬了……"

老乌龟把碗往怀里一塞，把帽檐一直拉到眼睛上，就去找兔子大婶。

老伴一走，乌龟大婶可高兴了。她想，这下子客人们一定能好好品尝一下她烙的馅饼了。这馅饼要用油煎，用白菜、大葱、蘑菇做馅，吃起来一定很香！她想着想着，和馅的动作也越来越快。

天已经黑了，老乌龟该回来了，可是还看不见他的影子呢，真急人！乌龟大婶盛情邀请来的客人，最终还是没有能尝到女主人做的馅饼的滋味。

一年，两年，三年过去了，老乌龟就像斧头掉进了冰窟窿一样，消失得无影无踪。

"他到底上哪儿去了呢？就这么几步路，我又没有叫他走远……"乌龟大婶越想心里越着急。

一转眼，又过去了四年。

乌龟大婶心想："我还是到村外去看看吧。"

她戴上头巾，刚到了门口，就看见老伴正在街上爬呢。他急急忙忙地赶路，一只盛酵母的碗死死地捏在胸前，生怕把它摔碎了。

"哼，老家伙终于回来了！"乌龟大婶高兴了，把大门开得大大的。

不到一个小时，老乌龟就进了院子。他爬到门口，先在门槛前面歇了一会儿。

老乌龟歇过劲来以后，就开始跨门槛了。他先跨过一只脚，再跨另一只脚。可是，一只磨破了的毡靴在门槛上钩住了，老乌龟拉长了身子用劲拽。这时候，他的头在屋里，脚还在门外，一不留心，碗被打得粉碎，好不容易弄来的酵母被撒得满地都是。

"哎呀，瞧你这只'飞毛腿'的老乌龟，整整七年了，酵母都没有拿到家，白白地把时间浪费了！"

老乌龟抓了抓脑袋，不紧不慢地说：

"我不是早就对你说过了吗，叫你不要催我，催了我没有什么好处。还是俗话说得好：急急忙忙，惹人笑断肠！"

牧人和苍蝇

有一回，一群牧人捡到了一个银蛋。他们欢天喜地，决定举行一次大宴会，因为这些贫苦的牧人早就没吃过一顿饱饭。

他们来到邻近的一户富豪家，拿这枚银蛋换取一头又大又肥的乳猪。牧人们把乳猪赶回家，宰了煮熟，准备坐在桌子旁吃。突然他们想起，乳猪肉里没有放盐。

现在怎么办？派谁去取盐？谁也不愿去，都怕别的人把自己的那一份吃了。

好吧！牧人们动了下脑筋，决定用筛箩遮住肉，大伙一块儿去取盐。

他们走呀走，突然碰上了两个宪兵。牧人们十分担心：煮熟的乳猪肉万一被宪兵发现，他们会吃掉的。于是，他们请求宪兵行行好，不要动他们的猪肉。

但是，谁都知道，宪兵这种人最乐于沾别人光，他们听说有好东西就不走了。他们终于找到了乳猪肉，并吃个精光，而且，这两个宪兵为了捉弄这些可怜的牧人，把吃剩的骨头收集在一起放在筛箩底下。

牧人们回来了，带来了盐。真见鬼，乳猪肉不见了！只有一些猪骨头堆放在筛箩底下，骨头上爬满苍蝇。

"可以肯定，是苍蝇吃了我们的乳猪肉！"牧人们说。

他们动身去法官那儿告苍蝇的状。来到法庭里，他们详详细细把一切向法官做了陈述，包括这两个宪兵……

法官听后，做出如下判决：牧人们无论在什么地方见到苍蝇，就可以立即把它打死！

于是，牧人中年长的一个跳了过去，朝法官头上痛打了一顿，打得法官立即从自己的法官席上倒了下来。

这些牧人被带到另一个法庭，另一个法官审问牧人中年长的那个人，为何痛打法官？这个年长的牧人申辩：他并不是打法官，而是打法官头上的那只苍蝇。这个判决是法官自己做的，应自己带头执行。还有什么话可说呢？法官只好释放了他。

海底的石磨

从前有弟兄俩，他们住得很近，一个叫拉斯，很有钱，他也像很多富人一样吝啬。另一个叫汉斯，他很穷。事情发生在圣诞节夜晚，那位穷弟弟到他富有的哥哥家登门乞讨一点儿圣诞节吃的东西。"我有很多孩子，可是家里没有一点儿吃的东西，"他说。

"以后别再上我家来哭穷，"有钱的哥哥说。"再来我就不见你。这是一块猪肉，拿它去见你的鬼吧。"

"谢谢。"天真的汉斯说，"我马上就去。"

他把肉放进背上背的口袋里，立即去找见鬼的道路。

他走呀，走呀，一直走到天黑，最后来到一位正在挖山的老人跟前。

"你要到哪里去？"老人问。"这个时间很少有人经过这里。"

"啊，是这么回事，"穷弟弟说，"我哥哥让我拿着这块肉去见鬼，但是我不知道鬼在哪里，要找到可能很不容易。"

"这没有什么困难"，老人说。"跳进我正在挖的这个坑里，它比你想象的要深得多，然后沿着它往前走，直到遇见什么东西为止。"

穷弟弟试了一下，因为他想，坑里一定很窄，但是坑里一点儿也不显得窄，几个人可以并排站着。他沿着坑往下面走去，最后走到一大堆篝火旁，那里的温度很高，人们可以在地上烤整头牛。一大群小鬼围着火堆转来转去。当他们看见穷弟弟的时候，都跑过来，要看看他的袋子里装的是什么东西。

"我的袋子里有一块猪肉，"他说。"是我哥哥给我的，他让我带着它去见鬼。我觉得这里似乎就是地狱，你们想买我的肉吗？"

"真是太好了。"小鬼们说。猪肉是他们最喜欢的东西，他们向他回赠了一台石磨，样子与磨咖啡的磨一样。

"你要的东西都可以用这台石磨磨出来，"小鬼们说。"你想磨多长时间都行，不过当你把东西磨够了的时候，你需要说出三个字，"小鬼们在他的耳边小声地说了些什么，"它就会立即停下来。"

穷弟弟觉得，这是一件很好的礼物，他谢过小鬼们以后就回家了。

当他回到家里时，已经是深夜了，他的妻子很生气，又骂又吵。

"到哪里去了，你这个老东西？"她说。"已经到了圣诞节后半夜，我们还水米未进。我们一直这样等你，你又不是不知道，我们家里什么吃的也没有。"

"别急，亲爱的，"丈夫说。"你过来看我放在桌子上的石磨，是小鬼送给我的，它对我们大有用处，我们马上就试一试。"

"这东西好是好，"妻子说，"不过我们缺最重要的东西，我们家里连一粒咖啡豆都没有，要它有什么用。"

"这不要紧，"丈夫说，"石磨自带咖啡豆，这是事先就说好了的。"

石磨先磨出咖啡豆，然后磨出蜡烛，接着又磨出面包和这对穷苦夫妇想要的一切东西。他们要的东西真不少，因为原来屋子里根本就没什么东西。石磨磨出了各种器皿和杂物，锅、壶、盆、勺，此外这些东西都是金的或银的。石磨磨出了银勺和杯子，刀和叉，所有这些东西都是纯银的。

"现在我们的东西够用了！"妻子最后说。"如果我们愿意，这些东西足够举行宴会用。"

"对，我们就举行。"丈夫说。当他说了小鬼们告诉他的三个字以后，石磨就停住了。

第二天丈夫在村子里四处奔走，邀请村民来他家参加圣诞宴会，他也邀请了自己吝啬的哥哥和同样吝啬的嫂子。当村民们光临的时候，看到了各种豪华的陈设和极丰盛的宴席，他们惊得目瞪口呆。不过尽管他的哥哥和嫂子爱占便宜，他们还是没有来，因为他们觉得，到自己穷弟弟家赴宴不值得。"他有什么东西可以请客？"他们想。

但是下午的时候，拉斯出来看天气，偶然看见很多人从他弟弟家里走出来。他有些纳闷，便喊出自己的妻子。她也弄不清楚，出于好奇心，他们很快来到穷弟弟家看个究竟。当他们走进房子的时候，真不敢相信自己的眼睛，屋里的陈设极为豪华，在全村独一无二。这些东西从哪里来的呢？他们实在不明白。他们立即在桌子旁边坐下来，吃饱喝足以后，拉斯把自己的弟弟叫到旁边，问他这到底是怎么一回事。

"我的可怜虫，"他说，"这些东西是偷来的还是借来的？赶快把事情的来龙去脉告诉我。"

"好呀，"汉斯说，"你还记得你让我拿你给我的猪肉去见鬼吗？我照你的话做了，结果我得到了这个石磨作为回赠的礼物，它可以磨出人们想要的一切东西。"

有钱的哥哥觉得，这件东西对自己太有用处了。

"这台石磨你要多少钱？"他问。

"啊，它可是个宝，这你是知道的"，汉斯说，"你给三百国币吧。说实在话我不想把它卖掉，不过你是我的哥哥，还是卖给你吧。"

拉斯想,这价钱可不低啊,能不能降一点儿呢?不行,汉斯一点儿也不愿意松口,此外,他还想把石磨再留半年,磨出他想要的一切东西。最后有钱的拉斯还是接受了这个价钱,尽管拿出这么多钱就像刺了他的心一样。他还认为,让弟弟有这台石磨也不是好事,因为弟弟会变得比他更富有。

秋收季节来临的时候,拉斯总算得到了这台石磨,是他亲自去取的。这时候他仔仔细细地盘算着,有了这台石磨,他的妻子就可以整天在田间干活了,不需要像过去那样待在家里做饭,这样他可以省下很多钱。如今他只需要在午饭前几分钟跑回家开动石磨,转瞬间石磨就会把午饭磨出来。

第一天他和妻子商量好,他们要青鱼和麦片粥,因为他们已经很久没有吃鲜鱼了,他们认为这次吃起来一定会很香。快吃午饭的时候,丈夫跑回家,开动石磨说:"石磨,给我磨出青鱼和麦片粥!"

不一会儿石磨开始转动,很快青鱼和麦片粥就磨了出来。拉斯把一个又一个盘子放在磨盘下边,没过多久盘子就都满了。然后拉斯让石磨把大缸也磨满,因为他认为猪也得有东西吃。石磨磨呀,磨呀,最后把坛坛罐罐都装满了。这时候拉斯认为已经够了,所以他要把石磨停下来。可是这台石磨就是不停,因为他的弟弟汉斯没有把让石磨停下来应该说的三个字告诉他。

"让石磨停下来大概不难。"拉斯想,"因为石磨并不大。"

可是他费了九牛二虎之力也无法使石磨停下来，磨出的青鱼和麦片粥多得没了他的腰。

他的妻子在田里觉得很奇怪，他为什么还不出来招呼长工们回家吃午饭呢？她走到一座山坡上，想看看他在什么地方。正巧他跑了过来，让长工们赶快回家，帮助他把石磨停下来。但是当他们回来的时候，房子里的青鱼和麦片粥多得把门都撑破了，麦片粥像一条河一样往外流。拉斯觉得，这件事已经变成了一场灾难，他突然想到，最理智的办法是把弟弟找来。

但是弟弟说，要他使石磨停下来的唯一条件是把石磨还给他。人们知道，这对拉斯来说实在有点儿困难。当他们站在那里讨价还价的时候，石磨继续转动，最后整个院子都被青鱼和麦片粥淹没了。在这种情况下，有钱的哥哥只得让弟弟把石磨拿走。石磨停下了，汉斯把它拿走了。

对拉斯和他的长工们来说，把青鱼和麦片粥从院子里和房子里清除掉确实是一件可怕的工作，他们整整忙了一个秋季，这可不是一件有趣的差事，因为没过多久，这些东西都腐烂了、酸臭了。但是最糟糕的是，秋收耽搁了，粮食没能及时入仓，这对拉斯来说是个严重的损失。当冬天来临的时候，牲畜没有足够的饲料，再加上其他方面也不走运，就这样拉斯最后也变成了一个穷人。

但是他的弟弟却过得很舒服，他要什么，石磨就给他磨什么，他和他的家庭要求越来越高。他渐渐觉得，他住的房子太寒酸，因此他让石磨给他在海滨的高坡上磨出了一座富丽堂皇的庄园，屋顶都是纯金的。所有航海的人都把船朝他金光闪闪的庄园驶过来，他们都要上岸，欣赏那里的一切。有一天，一位挪威船长来访，他是运盐的，他问汉斯，他是怎么发财致富的。

汉斯说，其实他并不富，不过他有一台石磨，他要什么东西石磨都可以磨出来。船长说他很想买这台石磨，他问汉斯，石磨能不能磨出盐。

"当然可以。"汉斯说，并且开动石磨，这时候船长看到，石磨既能磨出粗盐，也能磨出细盐，跟他想要的完全一样。

船长无论如何要买下这台石磨，他说，有了它可以少跑很多海路。汉斯说，如果他付一千国币，他就可以把石磨拿走。这样，这笔交易未经还价就做成了。

船长把石磨带上船，但是他也像拉斯一样得意忘形，没有打听磨好了东西以后怎样使石磨停下来。

他把船刚一开到海里，立即开动了石磨，他先让石磨磨出粗盐，粗盐磨够了，又磨出细盐。当石磨磨出的盐装满船舱、海水都快够着舷边的时候，船长想使石磨停下来。他双手抓住石磨，使出全身的力气，但是石磨一点儿也不理会他的努力，而是照常怡然自得地旋转。

这时候船长招来所有的船员，大家七手八脚一齐动手，想使石磨停下来，但仍然无济于事，石磨还是不停地转呀转呀。

随后他们开始往海里铲盐，但是他们铲盐的速度没有石磨磨盐的速度快，船上的负荷越来越大，最后全船沉入了海底。船沉下去了，石磨当然也沉下去了，不过它在海底还继续磨盐，直到今天石磨也没有停。事情肯定是这样，因为不管有多少淡水流入大海，海水依然是咸的。

和巨人比赛吃饭

从前有一位农民，他有三个儿子。他负债累累，而且年迈多病，儿子们也都碌碌无为。家里有一大片森林，父亲让儿子们把树伐掉，卖了还债。

他费了很长时间才说服儿子们去伐树，大儿子先去。他走进森林，动手去砍一棵冷杉，这时候，来了一位高大、肥胖的巨人。"你要砍伐我的森林，我就打死你！"巨人说。大儿子听了，扔掉斧头，飞快跑回家里，他上气不接下气地讲了事情的经过。但是父亲说，大儿子是一个胆小鬼，他自己年轻的时候，到森林砍伐树木，巨人从来不恫吓他。

第二天二儿子去伐树，遇到的情况与大儿子完全一样。他刚砍了几斧头，那个巨人就来了："你要砍伐我的森林，我就打死你！"二儿子连看也没敢看巨人，像大儿子一样扔掉斧头就往家里跑，比哥哥跑得一点儿不慢。他跑回家的时候，父亲生气了，他说他年轻的时候，巨人从来不恫吓他。

第三天轮到阿斯凯皮尔坦去。

"好啊，"两位哥哥说，"你这位没出过门的人物，肯定会马到成功！"

阿斯凯皮尔坦不理会他们的挖苦，他只要求带一口袋吃的东西。母亲没有现成的黄油和干奶酪，所以她架起锅给他做了一点儿。他在背包里放好奶酪，就上路了。

他刚砍了几斧子，巨人就来了，对他说："你要砍伐我的森林，我就打死你！"

但是他没有逃回家，而是跑到背包跟前取出奶酪，用力压挤，压得乳清都流了出来。

"你如果不住嘴，"他对巨人说，"我就像把这块石头挤出水一样挤死你！"

"这可使不得，亲爱的，饶了我吧，"巨人请求说，"我一定帮助你伐木。"

由于这个条件，他饶恕了巨人。巨人伐得很快，所以这一天他们采伐了很多木材。

天黑的时候，巨人说："你跟我回家吧，这里离我家比离你家近。"

阿斯凯皮尔坦同意了。他们来到了巨人的家，巨人去生火炉，他去找下锅的水。但是巨人的水桶都很大很重，他连拿也拿不动。

这时候他说："拿那些像顶针一样小的水桶有什么用处？还是让我把整个水井都搬来吧！"

"不行不行，亲爱的，你发发善心。"巨人说，"我可不能没有那口水井。请你来生火，我去提水。"

巨人提水回来以后，他们做了一大锅麦片粥。

"喂，"阿斯凯皮尔坦说，"你愿意与我比赛吃粥吗?"

"好的。"巨人回答，他当然相信自己会取胜。说定以后，他们就在桌子旁边坐下来。阿斯凯皮尔坦偷偷地把皮背包藏在衣服里面，倒在背包里的粥比他吃进肚子里的多得多。当背包满了的时候，他就掏出一把刮刀，在上边戳一个窟窿，巨人看到了也没说什么。他们吃了很长时间，巨人终于放下了勺子。

"哎呀，我已经吃不下去了。"他说。

"你一定要再吃，"阿斯凯皮尔坦说。"我半饱还不到，像我这样：在肚子上戳个洞，这样再多你也能吃下去。"

"会不会痛呀?"巨人问。

"不会，没什么问题。"他回答。

巨人就在自己肚子上戳了个洞，结果丧了命。阿斯凯皮尔坦拿了巨人的金银财宝回家了。他肯定用这些钱偿还了一部分债务。

一颗生锈的小铁钉

从前，有一个贫穷的农夫和他的妻子住在一间破旧的草棚里。他们有三个儿子：老大叫马德斯，老二叫佩捷尔，老三叫斯文。

有一年遇上了干旱，全家日子过得很吃紧。农夫说："咱们家吃饭的嘴比面包块还多，孩子们，你们得出去找活儿挣钱呀！"农夫妻子哭着说："老大、老二都长大了，他们出去找活儿我放心，只有老三斯文我不放心，要知道他今年只有十一岁，瞧，他瘦得皮包骨头，怎能干活挣钱？"农夫觉得老伴的话说得有理，就说："好吧，老三别出去啦，在家放羊好啦！"

斯文是个勤劳懂事的孩子，听完父母的话后，说："爸爸妈妈，别为我担忧，让我出去闯闯吧！我不能在家连累你们。"最后，父母亲同意了，兄弟三个打点行装，准备启程。

老大马德斯说："这次出门，让我把父亲的短上衣带走吧，父亲在家，这短上衣他不需要。"老二佩捷尔说："让我带走妈妈用的这口炖锅吧，妈妈在家，反正没有什么东西可煮，要是我找不到活，我就把它卖掉，换点吃的。"说完，老二从厨房取出闪闪发光的炖锅，像帽子一样把它套在自己的头上。

母亲很不满意老大老二的作为，她叹了一口气说："唉，你们只顾自己，可小弟弟斯文什么可带的东西也没有啦！"母亲十分喜爱小儿子，因为他一向勤劳诚实，并经常帮助母亲干这干那。

"妈妈，我什么财产也不要，我只要咱家墙上这颗生锈的铁钉。每次临睡前，我的短上衣就挂在这颗钉子上。今天我要离家找活干，我舍不得它，带在身边，留个纪念。"斯文从墙上拔下了钉子，把它包在一块破布里，塞进自己的衣袋。

"啊，真是个大傻瓜！"两个哥哥哈哈大笑，"亏你想得出来，带这生锈的钉子有什么用！"

"这钉子或许有用，现在你们怎么能肯定它没用呢？"小弟弟平静地回答。出门时，他小心翼翼地取出这颗铁钉看了又看，他仿佛带的不是一颗钉子，而是一根金条。

母亲含泪望着儿子们远去的足迹，斯文久久地用帽子向母亲挥动。在十字路口，两个哥哥站住了，说："我俩一块儿走，斯文，你别带着这颗破钉子跟在我们屁股后面啦！"

"好吧，亲爱的哥哥们，你们走自己的路吧，我不牵累你们，我祝你们一路顺风！再见！"于是，斯文和哥哥们分别了，他向一条乡村小路走去。

他走了好多路，突然看见前面道上好像有谁在折腾什么。斯文恐惧地想："莫非是碰上了狗熊？"

然而，这是一个人，他在马车旁忙碌着。

"喂，小家伙，"他招呼着斯文，"过来帮帮忙吧，我的轴楔子断了，轮胎不能跑啦，眼看今天到不了打铁铺啦。"

"老伯伯，别焦急，我有一颗钉子，用它代替轴楔子吧。不过，这颗钉子我只能借给你，到了打铁铺，你得还给我。"

赶车农夫哈哈大笑："小家伙，你真有意思，好吧，只要到了打铁铺，我一定还给你。"

农夫和斯文修好了车轮，他们乘着大车，很快来到了打铁铺。

斯文有生以来第一次看见打铁铺，这儿的一切他都感到有趣，他对打铁师傅说："你们这儿真好玩呀，风箱呼哧呼哧，铁锤叮叮当当，简直是美妙的音乐！我多么想当个铁匠呀！"

"孩子，别开我的玩笑啦！"老铁匠说，"你怎么能举得动这样重的锤子，这不是闹着玩的，我的儿子病了，如果愿意的话，你帮我拉拉风箱倒是可以的。我给你吃饱肚子，此外，还付给你一些工钱。"斯文满口应允了。

就这样，他留在铁匠家干活。他把钉子从车夫那里要回来后，把它敲直，又装进口袋里。

老铁匠发现斯文是个聪明伶俐的孩子，就把自己家传手艺全教给了他。过了一些日子，斯文能单独铸造一些铁器用具了。但是，过了一个月，老铁匠的儿子病好了，他不能把斯文长留在小铺，于是，他付给了斯文工钱，师徒俩依依不舍地分手。

沿途，斯文低声地哼着小曲儿。一会儿，他经过了路旁一间孤零零的小房子。小房子的门槛上站着一位戴眼镜的矮子，一把大剪刀挂在他的脖子上，这是一位裁缝师傅。他一手拿着短上衣，一手在衣服上刷灰尘，突然，短上衣从他的手里滑到地上。

"老板，您最好把上衣挂起来刷！"斯文提醒他。

"别来教训我，你这个毛孩子！"裁缝说，"你不说，我也知道该这样做。"

听完裁缝的话后，斯文并不生气，仍劝告说："我可以帮帮您，老板！"他从口袋里取出了钉子，并把它钉在门柱子上。

裁缝笑容满面，把短上衣挂在钉子上，一会儿就把尘土扑打下来了。尔后，裁缝把斯文请到家里，吩咐老婆给斯文一杯牛奶和一块面包。斯文狼吞虎咽地吃着，要知道他饿了。吃完，他很有礼貌地向女主人表示感谢，女主人对此很高兴，说："收他当个学徒吧！"

"我很乐意留在你们这儿，"斯文说，"尽管我过去是个铁匠。"

裁缝把斯文从头到脚瞧了一会儿，忽然放声大笑："啊，可爱的铁匠师傅！老兄，你难道能举得起这么沉的铁锤来？那么，你想学做衣服吗？"

"很想，让我试试看吧。"斯文答道。

斯文就这样开始在裁缝老板那儿干活并学会了裁缝手艺。可是，没有多久，裁缝患感冒死了，他只好离开裁缝家。临走时，斯文从门柱子上拔下了钉子，悲伤地与女主人及裁缝的遗体告别后又重新上路。

一会儿，斯文来到一个小村庄。恰巧这时下了一场暴风雨，狂风大作，电闪雷鸣。在一所房子旁边，一位老太婆急急忙忙从一根晾衣绳子上收拾洗好了的衣服。突然，系绳子的钉子掉在地上找不见了，老太婆连忙接住绳子。

"该死的钉子！"老太婆嘟哝着，"它掉在什么地方呢？可不能把衣服掉在肮脏的地方。"

"我帮你一下，老奶奶。"斯文说完，取出钉子，立即钉在墙上，"让我替你把绳子重新系好，不过，你用完得还给我，要知道，这颗钉子是我家的一份财产。"

斯文帮助老太婆很快收起衣服，并把衣服抱进了屋子里。在屋子里，斯文看见了一位正在纳鞋底的皮鞋匠。斯文站在屋子里，欣赏着鞋匠娴熟的手艺。

"我会打铁，又会做衣，只是不会绱鞋。"斯文说。

"别胡说八道！你怎么会打铁，会做衣，你简直开玩笑！如果你想学绱鞋手艺，我倒可以教教你。"

斯文就这样留在鞋匠那儿学手艺。他吃尽了苦头，没有床，他睡在屋顶上。到了炎热的夏天傍晚，蚊子常常咬得他睡不好觉，但他都忍受着。为了将来回家给父母捎点钱，买点东西，他省吃俭用，从不乱花一分钱。

鞋匠对这位手脚麻利和勤奋好学的孩子赞不绝口。斯文不但很快能补旧鞋，并且能做新鞋。他用从铁匠和裁缝那儿挣来的钱买了皮子，为母亲做了一双漂亮的新皮靴。

秋天，斯文告别了人们，从鞋匠那儿领来了工钱，就出发回家。

当斯文路经一个小镇的市场时，他看见了一位小商贩手里拿着一件短上衣，他上前一看：这件短上衣是父亲的，是大哥马德斯出门找活时随身带走的。可见，马德斯日子很不好过，为了不挨饿，把它卖掉了。于是斯文赎回这件短上衣，继续赶路。突然，在一个小店铺里，斯文又看见了一只在阳光下闪闪发光的炖锅。他走近仔细看了看上面的一道圆圆的刻痕，这是斯文小时淘气刻的。这炖锅就是母亲用过的那只，斯文拿钱又把它买了回来。

斯文一会儿就回到了故乡。

他一踏进家门，愣住了：父母低着头，坐在一张桌子旁边，在他们身边坐着一对衣衫褴褛、蓬头垢面的小伙子，这就是马德斯和佩捷尔！

"晚安，我回来啦！"斯文望着他们说，"还给你爸爸，这是你的短上衣；还给你妈妈，这是你心爱的炖锅，还有一双我自己亲手为你做的新皮靴。唉！还有工钱！现在，我又是铁匠，又是鞋匠，又是裁缝啦，我还替爸爸妈妈挣来了这么多钱！我的一切幸福、财富全靠了这一颗生锈的被人瞧不起的铁钉！"

说完，斯文把这颗锈钉钉回原处。

国王和编筐人

从前，有个国王经常收到大臣的礼品，大臣们在国王面前报喜不报忧，大谈国富民强。

有一天，国王扮成一个平民去探访民情，刚走进一条小巷，便听到一阵竖琴响声，他顺着琴声来到一家门前。

"晚安！"国王走进门先打了声招呼。

"欢迎你，请坐！"屋里的主人给陌生的客人让座，并请他吃东西，喝麦酒。

国王勉强吃了一点东西后，便问弹竖琴的那个人干什么工作，生活怎么样？

"先生，"弹琴者回答说，"我是编筐的，一天编一个筐，既还债又得利息，养活九口人。"

国王听了迷惑不解，心想：一个筐子只值五十来普塔，他如何又还债又吃利，养活九口人呢？于是又问：

"你到底是怎么营生的？你欠的债多吗？"

编筐人微微一笑，把他带进旁边的一间屋子，指着床上躺着的两个老人说："瞧，这就是我的债主。父母把我养活大，现在他们老了，我得赡养他们。"

然后他又把国王带回原来那间屋子，指着正在嬉戏的五个孩子说："我的利息在这儿，我现在得养育他们，等我老了，他们得养活我，这就是还债。"接着又解释说："两个老人，五个孩子，加上我和妻子，不正是九口人吗？"

国王明白了他的意思，低声把他叫到身边，趁旁人不注意的时候，亮出了他胸前的王牌。编筐人不禁大吃一惊——站在他面前的竟是国王陛下。

国王对他说："别怕，我不会伤害你，对你我只有一个要求：除非当我的面，否则不许对任何人讲你刚才对我说的那句话。如果你说出去了，小心你的脑袋！"

"遵命，国王陛下，祝你长寿！"编筐人恭敬地说。

国王回到王宫后，第二天把十二个大臣召到面前说："假如你们真的聪慧过人，那么请问下面这句话该怎样解释：一个人一天编一个筐，既要还债又要吃利息，养活一家九口人。"

国王限他们三天之内回答，并许愿说谁答对了封谁为首相。十二个大臣面面相觑，不得其解。经过一番苦思冥想，他们一致认为那句话肯定不是国王自己想出来的，而是他昨晚在外面打听到的。于是，十二个大臣分头到大街小巷去寻根问底。不管你信不信，他们终于找到了那个编筐人。

"昨天晚上有一个先生来过你家吗？"

"有，他是国王，祝他长寿！他在我们穷人家聊了几句。"

大臣们如释重负，喜上心头。又问："是不是你讲过你一天编一个筐，既还债又吃利，养活九口人？"

"是。"

"这句话是什么意思？"

"国王叮嘱过我，除非当他的面，否则对谁也不能说。"

"给你十镑钱币，你就告诉我们吧！"

"我不要，"编筐人拒绝道，"不管你说什么和给什么，我都不能讲。"

大臣们心急火燎，一心想从他嘴里掏出谜底，先是拿出十镑硬币，然后成倍地增加，后来竟拿出一百镑。可是编筐人还是摇头不肯讲，最后大臣们拿出一千镑硬币。

编筐人望着闪闪发光的硬币，心想："好家伙，有了这些钱，不愁全家老少没好日子过了，即使杀头我也情愿。"

他终于收下了这笔钱，把那句话的意思解释给他们。

大臣们如获至宝，在国王面前争相回答他提出的那个问题。

国王听后，心想：一定有人帮助过大臣，否则他们怎么能够答对呢？国王忙差人把编筐人叫来。

"难道我没对你说过：除非当我的面，否则不能对别人说那句话吗？"国王愤怒地责问编筐人，"既然你不守信用，就把你拉出去斩了！"

"国王陛下，祝你长寿！"编筐人不慌不忙地说，"你是嘱咐过我，我并没有失信，我是当你的面说的，我不仅一次当你的面，而且是一千次当你的面说的。"

说着，他把随身带来的一千镑硬币一一掏出来，指着硬币上面国王的头像说："你瞧，这不是你吗？一次，两次……我整整见了你一千次面。"

国王听了不但免去了他的死刑，而且对他大为赞赏："你聪明过人，最适于当我的谋士。"

最后，国王宣布封编筐人为首相，解除了十二个大臣的职务。

农民和三个枢密者

从前，有一个国王，他有三个枢密官，他们都自以为自己是世界上最英明的人，但是国王不大相信他们的本领，决定要考验他们一下。

有一天，国王带了三个枢密官一道去打猎。路上，他们遇到了一个农民在耕地。国王停下来，看了老农民一眼，说：

"啊，山顶上下了多少雪啊！"

"国王，是下雪的时候到了。"老农民回答说。

"你的房子火烧过几次？"

"两次，国王陛下！"

"还要烧几次？"

"三次。"

"我给你三只笨鹅好不好？你能把它们的毛全拔掉吗？"

"随您拿来多少，我一定能把它们的毛都拔掉。"农民笑着说。

国王告别了老农，继续向前走，过了一会儿，他问枢密官说：

"现在，我来考考你们的智慧了。我刚才问了农民什么？他的回答是什么意思？你们给我说出来，如果回答不出，我就斩了你们！"

枢密官急得叫起来：

"怎么？马上要回答？得让我们想一想！"

国王同意了，说：

"好，但是三天以后还猜不出，我就要处决你们。"

枢密官们翻阅了几百本书，但没有一本书有这样的答案。这时他们只好去问那个老农民。

"老伯，请告诉我们，那天国王问的和你回答的话，是什么意思？"

"好吧，我可以告诉你们。不过，你们得先脱下贵重的衣服交给我。"

"为什么你要我们的衣服？我们付钱给你好了。"

"不行！"农民坚持自己的主意，"我不需要钱。"

枢密官看到无法说服老头，只得乖乖地脱下衣服交给农民，然后问：

"当时山顶上都是鲜花和绿树，国王为什么说山顶上都是雪？"

"国王是看到我头上的白发，才这么问的。我回答说，年纪大了才白的。"

"为什么你说你家里火烧了两次，还要烧三次？"

"国王问我嫁了几个女儿，我回答说，嫁了两个。因为嫁女儿要给一份好嫁妆，这嫁妆等于火烧后造了一座新房子。我还有三个女儿，就是说，我的家还要火烧三次。"

"那么他答应给你三只什么样的笨鹅？你还要把它们的毛全拔光。"

"笨鹅就是你们！"原来，国王秘密地跟在枢密官后面，当他听到了他们的谈话，忍不住站出来说了。

枢密官们听了，吓得发抖，连忙跪在国王面前求饶。

"好吧，我饶了你们，但你们应该火烧这个农民的房子。"

"三次火烧？"枢密官惊奇地问，"这是什么意思？"

农民笑着说：

"这就是说，你们应该给我三个女儿置办嫁妆！"

国王的三个笨枢密官，为了自己的脑袋免遭国王的刽子手砍掉，只好给这个聪明的农民的三个女儿办了三份丰厚的嫁妆。

宝 石

从前，有一个老牧人，大家都叫他巴维尔爷爷。他在巴尔干山上有一个羊圈，每天晚上他都要把羊赶到那里去过夜。他还有一座很小的瓦房，还有一只小猫和一只小狗。老人是个穷汉子，连一盏油灯也没有，天黑以后，小屋子总是黑漆漆的。

有一次，巴维尔爷爷到森林边缘的一块草地上去放羊。忽然，他听到一阵悲戚的尖叫声。老人走进树林一看，原来有几棵树着火了，树枝烧得噼啪直响，在一个熊熊燃烧的树桩下面，一只花花绿绿的蜥蜴缩成一团，发出细微的吱吱声。蜥蜴看见了老人，就向他呼救：

"老牧人，我的好大伯，你快拉我一把，把我从火里救出来吧！"

"我倒是很想救你。"巴维尔爷爷说，"可是，我不敢往火里跳，那样会把我的腿烧坏的！"

"那你就把手杖伸给我吧，我抓住它，你就可以把我救出火海了！"蜥蜴说。

巴维尔爷爷把他放羊的手杖伸了过去，蜥蜴敏捷地在上面绕了一圈，老人就把她从火海里救了出来。

蜥蜴缓过气来，就对老人说：

"我现在可要好好地谢谢你，你就跟我走吧！"

"你想给我什么东西呢？"巴维尔爷爷问。

"我是蜥蜴王的公主。"她说，"我的父亲住在一个又黑又深的山洞里，他头上有一顶王冠，王冠里有九块宝石，每块都闪闪发光，就像九个太阳一样，我要送给你一块这样的宝石。"蜥蜴沿着草地往河边爬去，巴维尔爷爷跟在她的后面。他们走了一阵，就到了一个黑黑的山洞。

"你就在这里等着，我去把宝石拿出来。"蜥蜴说。

这时候，天已经黄昏了。巴维尔爷爷坐在地上。蜥蜴进洞去拿宝石的时候，天完全黑了下来。老人在洞外等了一阵，看到蜥蜴嘴里衔着一颗宝石回来了。她一出洞，大地立即变得金光灿灿，周围树上的鸟儿展翅飞翔，树林里一片鸟语。鸟儿都以为曙光又照耀着它们，太阳正在升起呢。

"这颗宝石就给你了。"蜥蜴对老人说，"你回家去吧，以后遇到什么困难，拿这颗宝石在地上敲三下，你想要什么就说什么，你说什么就能得到什么。"

巴维尔爷爷接过这颗亮晶晶的宝石一看，它最多也只有核桃那么大，于是，把它装到口袋里就回家了。到了家门口，小猫和小狗正坐在门槛上等他呢。老人先把羊赶到了圈里，然后再走进屋子，把宝石拿出来看。宝石啊，神奇的宝石，你给这座矮小的房子带来了光明，带来了生活的气息！小猫和小狗连忙抬起爪子遮住眼睛，生怕这么亮的光线会刺伤他们的眼睛。

吃过晚饭之后，巴维尔想："我还能要些什么呢？现在我什么都有了，有房子，有羊，还有奶酪。而且，连吃晚饭的时候屋里都是亮堂堂的了！"他躺在床上，翻来覆去地睡不着，一个又一个的念头在他的脑海里闪过。他想：

"无论如何，我总该试试这颗宝石灵不灵吧，我总该要些什么东西吧……可是，我又能要些什么呢？噢，有了！我要一个石头砌成的白色的宫殿！"老人想好了，便立即从床上爬起来，从墙边的架子上拿起那颗闪闪发光的宝石，在地上敲了三下，说：

"我要一座石头砌成的白色的宫殿！"

他的话音还没有落，那座矮矮的房子已经移到了一边，消失了。在原来的房基上，出现了一座十分美丽的，全部用石头砌成的白色的宫殿。宫殿里，墙壁像镜子一样光滑明亮，各种用具都用纯金制成，桌子和椅子是用洁白的象牙雕刻而成的。老人看到了这一切，惊讶不已。他到各个房间去转了一趟，把每样东西都看了一遍，就躺在松软的羽毛褥子上睡觉了，那颗宝石被他藏到了怀里。

可是，天有不测风云，人有旦夕祸福！这天晚上，一个邻居到他家来做客，对他说：

"我想来看看你的身体怎么样，我们随便聊聊吧，我这个人晚上不聊天是睡不着觉的。"忽然，他佯装惊异地说："咦！这是什么奇迹呀？我都不相信自己的眼睛了，是谁给你盖了这么漂亮的宫殿呀？"

"是宝石给我盖的。"

"什么宝石？拿给我看看好吗？"

巴维尔爷爷毫不犹豫地把手伸到了怀里那颗亮晶晶的宝石。邻居又问他：

"这么小的一块石头，怎么能给你盖起这么大的一座宫殿呢？"

巴维尔爷爷又把这颗宝石的来历和用法告诉了他，就又把它藏到了怀里。两个人说着说着，慢慢地打起呵欠来。"你就在我这儿睡吧！"巴维尔爷爷诚恳地说。"可是我能睡在哪儿呢？""就睡在我旁边的羽毛褥子上吧！"邻居没有谦让，就和这位老人肩并肩地躺下了。其实，他根本没有睡，等巴维尔爷爷睡熟了，就把手伸到他的怀里，取出宝石，在地上敲了三下，说："快给我派四个大力士来，把宫殿抬到河对岸去！"

他的话音刚落，四个身强力壮的大力士已经到了，他们毫不费劲地就把宫殿抬走了，他自己就拿着宝石，跟在他们后面，留下了巴维尔爷爷一个人。

早上，老爷爷醒来一看，一下子就愣住了：他美丽的宫殿已经不在了，神奇的宝石也不翼而飞，在他眼前的，还是那座矮矮的房子，一只小猫和一只小狗。老人放声大哭，泪水就像大江大河一样，流也流不尽。羊群怜悯这位老人，围着他咩咩地叫；小猫和小狗也和主人一样伤心。

小猫对小狗说："我们到河对岸去，把老爷爷的宝石找回来吧！"

"好的！"小狗和小猫一条心。

这两个好伙伴说走就走，他们跑着跑着，就到了前面那条宽阔的大河。

"我会游水。"小狗说，"你不会游，就骑在我的背上吧，我带你过河去。"

小猫骑在小狗的背上，两个伙伴一起到达了对岸，没走多远，就到了那座宫殿。他们在花园里一直等到天黑，然后从窗户里跳了进去。到了里面一看，那个邻居正躺在羽毛褥子上睡大觉呢，那颗宝石被他含在嘴里。

"怎么才能把宝石从他的嘴里弄出来呢？"小狗犯了愁。

"我有个办法。"小猫说，"我在尾巴上洒一点胡椒粉，再把尾巴靠近他的鼻孔，他一打喷嚏，宝石就会从嘴里掉出来的。"

小猫说干就干。他把尾巴伸到一个胡椒瓶里，粘上了胡椒粉，再把尾巴伸到那个人的鼻孔前去给他搔痒。那个人一打喷嚏，宝石果然从他嘴里滑了下来。小猫衔起宝石就溜了出去，小狗也紧紧地跟在他的后面。他们到了河边，又是小狗背着小猫游过河。刚刚游到河中间，小狗忽然好奇地问：

"那是个什么样的宝石呀？让我看一看吧！"

"现在可不行！"小猫说，"弄不好会掉到河里的，上了岸再给你看吧！"

"不行，现在就得给我看!"小狗汪汪地叫着，"你要是不给我看，我就把你翻到河里，淹死你!"

小猫被小狗吓怕了，就说："好吧，你要接住!"

小狗伸出爪子去接，可是，宝石一滑，却掉进了水里。两个伙伴上了岸，又伤心，肚子又饿，便哇哇地哭了起来。

一个过路的钓鱼人关心地问他们"你们为什么哭呀?"

"我们都饿得受不了了。"小猫说。钓鱼人把钓竿一甩，便钓上了一条大鱼。他把鱼扔给了小狗和小猫。对他们说："拿去吃吧，别哭了!"

小猫和小狗把鱼拖到一个草丛里，一起吃了起来。他们万万没有想到，那颗滑下水的宝石居然在鱼肚子里找到了!原来，宝石掉下水的时候，这条大鱼正张着嘴等着呢!

小猫小狗别提有多高兴了，他们带着宝石，赶紧往回跑，回到了巴维尔爷爷的羊圈。这时候，老人正躺在床上泣不成声呢，他们把宝石放在老人的床头上，神奇的宝石立即发出了耀眼的光芒。心爱的宝石呀，你终于回到了老人的身边!

巴维尔爷爷拿起宝石，在地上敲了三下，大声喊道："把我的邻居带来，而且要把他装在麻袋里!"他还没有来得及把话说完，一个装着那个邻居的麻袋已经滚到他的面前。老人拿起拐杖，便朝着麻袋狠狠地抽去，棍子打断了，又用拳头揍，直到彻底解了恨，才把麻袋解开，把那个人撵走。老人把宝石藏到了钱包里，说："我再也不要什么宫殿了，有了宫殿，还会被这个邻居偷走的，我知道，这个人本性难改!"

巴维尔爷爷还是每天放他的羊，他每天晚上都把这颗宝石放在架子上，把屋子照得亮堂堂的。老人死了之后，蜥蜴才来把这颗宝石收了回去。

背阳光

杜开村的居民决定在村中央建一幢乡议会楼。这将是一座宏伟的建筑。

经过千辛万苦大楼终于建成了，这确实是一幢宏伟的建筑。美中不足的是，人们完全忘记在楼上开几个窗子。

当村民们第一次坐在乡议会大楼里的时候说，"这里边什么也看不见！我们彼此都不认识了。连我们自己都不认识自己了。一定要弄进来一点儿光！"

最后全村人一致决定，第一天出太阳的时候，全村人都往新建的乡议会大楼里背阳光，因为那里太黑暗了。每一家要来两个人，每个人背一个大口袋。

第一天出太阳的时候，村民们按照规定集中在乡议会大楼周围。他们试图往乡议会大厅背阳光，办法是这样：他们先对着太阳打开口袋，往里边装阳光，装满以后捆紧口袋，迅速扛进大楼里。在楼里打开口袋，让阳光洒进漆黑的房子里。同样，他们把大厅里的黑暗装进口袋，然后扛到院子里。

村民们一连七天往大楼里背阳光，同时从里边往院子里背黑暗。但是大楼一点儿也没有因此变得亮些。乡议会的大厅里还是漆黑一团。

第七天，村里来了一位流浪汉。当他看见乡亲们的举动时，就惊奇地问：

"乡亲们为什么个个累得满头大汗？"

"你这么聪明的人连这点儿事也不懂？"他们回答。"我们往院子里背黑暗，往大楼里背阳光呀。"

"如果我能用光明驱走大楼里的黑暗，你们给我多少钱？"流浪汉问。

"你想要多少？"

"如果你们给我一百马克，我就同意。"

"一百马克是小意思，"他们回答。"如果你能给我们漆黑的大楼带来光明，我们给你两百马克。"

达成协议以后，流浪汉借来一把斧子，在墙上开了一个小洞，然后说：

"在这里开个窗子，阳光会自动照到大楼里。"

太阳通过流浪汉开的洞，照进乡议会大楼，村民们高高兴兴地给了他两百马克。不过当村民们发现，一个窗子就有这样好的效果时，他们想使大楼里更明亮一些。他们一连又开了好几个更大的窗子，直到把两边的墙全部拆掉。当他们开始拆第三堵墙时，整个大楼全部坍下来了。

白麻雀

村外的树林里，有一只善良的麻雀。他除了瓜子、眼睛和尖嘴之外，浑身都是白的。因为他像雪一样白，没有一只麻雀愿意同他交朋友。

"白麻雀和灰麻雀不是一家！"灰麻雀喊喊喳喳地喊。

白麻雀孤孤单单地生活着，大家都知道，这样的生活是非常寂寞、非常无聊的。

白麻雀想同马交朋友，但是，马甩甩尾巴，对他说："去你的吧，要你这个朋友有什么用？"

白麻雀又想同猫交朋友，猫美滋滋地用鼻子哼了哼，弓起了腰。白麻雀一看，吓得魂飞魄散，连忙飞得远远的。不行，交上这样的朋友是一定要倒霉的！

有一天，白麻雀看到路上有一条老狗。这条狗表情非常忧伤，跌跌撞撞地跑着，身后扬起了一片尘土。白麻雀有点怜悯这条老狗，就飞过去问：

"老伙伴，你上哪儿去呀？"

"我也不知道该上哪儿去。"老狗说。"我跟着主人整整十年了。现在我老了，他就把我一脚踢了出来。"

"你的主人是谁呀？"

"就是啤酒匠塔法罗，是凯夫列肖村的。"

"我认识他，我认识他！"白麻雀说。"塔法罗是一个又贪婪、又愚蠢的家伙。他家的粮仓里装满了麦子，粮仓的顶上还有个洞哩！好了！你离开了这个吝啬鬼，用不着难过。你就同我交个朋友，好吗？我们两个在一起，日子会过得又舒服、又愉快的。"

"谢谢你，白麻雀！"老狗说，"你的心肠真好！"

从此以后，白麻雀同啤酒匠塔法罗家的那条老狗成了好朋友。

有一天，天气热得出奇。老狗热得受不了了，就躺在路上睡着了。白麻雀在他身上飞来飞去，叽叽喳喳地说："怎么能躺在这儿呢？快起来，到边上去！"

可是，老狗毕竟上了岁数，耳朵有点聋。他睡得直打呼噜，根本就没有听到白麻雀叽叽喳喳的叫声。"算了吧！"心地善良的白麻雀想，"还是让他先睡一会儿吧，我在这里替他放哨。"

白麻雀站在一棵大树上，往下一看，清清楚楚的一条大路直通凯夫列肖村。没过多久，白麻雀看到，路上扬起了一片尘土。他再仔细一看，原来是啤酒匠塔法罗正赶着车从村里出来，运啤酒出去卖。

白麻雀心慌了，连忙去叫醒自己的朋友。可是，不管他怎么叫，老狗还是在呼呼大睡，时而还在梦中挪一挪他的爪子。这时候，啤酒匠的马车已经越来越近了。白麻雀没有办法，只好先朝啤酒匠飞去，对他说：

"塔法罗先生，你好啊！你赶车可得小心一点，我的老朋友正在路上睡着呢，千万别轧着他！"

"我才不管你的什么朋友呢！"塔法罗根本不理睬他。

他故意把马车赶到路边上，轧着了老狗的爪子。老狗惊醒了，惨叫了一声，连忙向草丛里逃去。塔法罗幸灾乐祸地笑着说：

"哈哈哈！你真是活该！可惜我轧得太轻了，把你的腿轧断了才好玩呢！"

白麻雀见塔法罗这么野蛮，气得不知怎么是好。他浑身的羽毛都竖了起来，乌黑的眼睛里迸出了金星。

"塔法罗，你等着瞧！"白麻雀飞到啤酒匠的头顶上示威说；"我绝对不会原谅你，你这样欺负我的好朋友，一定会恶有恶报。你就记住我的话吧！"

"你的话顶什么用！"塔法罗把手一挥说，"白麻雀啊，你可别像喜鹊一样，一天到晚在人家耳朵边上叽叽喳喳的，要不然，我就像逮喜鹊一样把你抓起来，尾巴上系根绳子，把你吊在菜园子里。你还是趁早给我滚开吧！"

啤酒匠把鞭子一挥，便扬长而去。

白麻雀飞到了树上，他从来没有受过这样的凌辱，气得差点哭出来。这时候，一只喜鹊从他身边飞过，看到他这个样子，就问："白麻雀，你为什么这么不高兴？"

"啤酒匠塔法罗欺负了我的朋友。"白麻雀说。

"他还吓唬我呢，说要像逮喜鹊一样，把我也抓起来，尾巴上系根绳子吊在菜园子里呢!"

"他胆敢把我吊在菜园子里?"喜鹊一听发了火。"好吧,就让他瞧瞧我的厉害!你跟我一起飞吧,快!快!"

白麻雀跟着喜鹊一起飞走了,他们紧紧地盯着啤酒匠塔法罗。一眨眼的工夫,他们就追上了大车。喜鹊飞到塔法罗的头上,嚓——他的帽子飞走了!塔法罗挥起鞭子拼命追,一边跑一边喊:"还我帽子!还我帽子!"

喜鹊在大树之间飞来飞去,挖苦地说:"现在你来抓我的尾巴呀!快呀,快来抓呀!"

塔法罗在追赶喜鹊的时候,白麻雀用嘴衔走了啤酒桶的塞子,满桶的啤酒哗哗地流了出来。塔法罗望着喜鹊,丝毫也没有办法。他气急败坏地回到了大车旁,一看,一车的啤酒流得满地都是。丢了帽子洒了酒,塔法罗怎能不发火?这时候,白麻雀却坐在马背上,叽叽喳喳地对他说:

"你还记得我的话吗,塔法罗?为了给朋友报仇,我是饶不了你的!"

啤酒匠肺都要气炸了,他使尽全身的力气,挥起鞭子朝白麻雀抽去。可是,白麻雀早就闪到了一边,鞭子正好抽到马的身上,马一惊,拉着大车飞跑起来。

塔法罗从车上摔了下来,啤酒桶也从车上摔了下来,桶底下的最后一点啤酒也洒光了。塔法罗滚得满身是土,白麻雀却在他的头上盘旋着,对他说:"我还没有把气出完呢,你等着瞧吧,塔法罗,要好好记住我的话!"

白麻雀说完，就飞去找自己的朋友了。老狗正坐在草丛里，伸着舌头不住地舔他那只受伤的爪子呢。

"你就在这儿等我吧！"白麻雀对老狗说了一声。"为了替你报仇，我还要再去找啤酒匠算账呢！"

白麻雀怀着一肚子的怨恨，向伏塞里麻雀林飞去。这里是一个麻雀的大家庭。

到了麻雀林，白麻雀就用麻雀的语言呼喊起来：

"喂，我的伙伴们，老麻雀，小麻雀们，你们快来呀，我找到了满满一屋子的好大麦。现在主人不在，我请客！"

经他这么一说，几千只麻雀立即腾空而起，就像一片灰色的云，飞到了凯夫列肖村，落到塔法罗的粮仓上。

白麻雀指了指房顶上的那个洞，一大群麻雀全部钻了进去，他自己则留在门口放哨。

一个小时之后，塔法罗已经追上他的大车，拉着一个大空桶回来了。白麻雀见到他，又继续向他挑战："怎么样，塔法罗，你的啤酒全部卖完了吗？"

"滚开吧，你这个白色的强盗！"

"你别拿我出气了，塔法罗，还是先去看看你的粮仓吧！"

塔法罗一听，连忙向粮仓跑去。他打开门一看，几千只麻雀一起飞了起来，就像一阵灰色的旋风。塔法罗再一看，他气得一下子脸色刷白：原来，里面的大麦已被这些麻雀吃得一粒不剩！白麻雀坐在大门口，对塔法罗说：

"以后你可要放得聪明一些，多做些好事吧。你要永远记住我，塔法罗！"

白麻雀说完，拍拍翅膀，又同几千个伙伴一起飞回到了麻雀林。

"白麻雀，你真是好样的！"灰麻雀个个都夸奖他。"你虽然羽毛的颜色是白的，但是，你是我们的一个好伙伴。你替朋友报了仇，又请我们大家吃了饭！"

白麻雀告别了麻雀林里的伙伴，又飞到了老朋友的身边。

从此以后，凯夫列肖村那条善良的老狗就和白麻雀一起过着幸福的生活，凡是了解他们之间的忠诚友谊的伙伴，对这一对朋友都非常热爱和尊敬。

铁匠教子

从前有一个铁匠，他的儿子是个懒蛋，整日游手好闲，好吃懒做。铁匠有劲干活的年月里，家中生活还过得去，可是他年迈力衰了，生活就显得十分穷困。

一次，铁匠把老伴叫过来说道：

"我们真倒霉，养了个坏儿子，是个一无所长的懒汉。要是他再不学着干活，我们的产业就得让他坐吃山空，他自己也得饿死。我和你年老力弱，应当让他挣钱糊口了。从今天起就得着手教他。"

老伴愁绪满腹，她谙知儿子一个钱也挣不着。她对儿子又溺爱，就给了他一个硬币说道：

"出去找个地方过一天，晚上回家，把这个钱交给你爹，就说是你自己挣来的。"

儿子依葫芦画瓢地按母亲的意图办了。父亲接过他的钱，在手中挥动了几下，又用鼻子闻了闻，就扔进了壁炉里，开口说道："这不是你亲手挣的钱。"

次日，母亲又给了儿子一个硬币，嘱咐说：

"出去吧，一整日别回来，多跑跑逛逛，晚上回来就疲倦了。这样你爹就信以为真，认为钱确实是你自己挣的了。"

儿子又遵嘱行事，晚间回来，把钱递给了父亲。父亲接过来，又挥动了几下，接着扔进了壁炉里。父亲说：

"你又骗我来了，这钱绝不是你亲手挣的。"

母亲明白了，溺爱儿子是无济于事。父亲扔钱时，孩子脸上的肌肉纹丝不动，因为他不知道挣钱是多么艰难，于是对儿子说道：

"你爹是骗不了的，你明白吗？别让他生气啦，找个地方干活去，学点手艺。不管挣几个钱，都要交给你爹。让他知道，你能自食其力。"

事情就这样决定了。儿子走了一星期，不知去向。他帮人干家务，又帮人下地干活。一会儿向这个师傅学手艺，一会儿又向另一个师傅学技术。就这样挣了一把钱，带回家来交给了父亲。老父亲把钱从一只手倒向另一只手，闻了闻，就又把钱扔进了壁炉。

"我不相信这些钱是你挣的。"

儿子感到十分委屈，于是一头扑进了壁炉，从灼热的火中，一个一个地把珍若珠宝的钱币掏出来，并大声嚷道：

"你干什么！为了挣这些钱，我从早到晚干了一星期的活，可你拿它们不当玩意，就扔进了炉子里。"

父亲看了看儿子就笑了，"现在我真相信了，这才是你自己挣的钱，也知道这钱来得不易。别人给你的钱，你是毫不可惜的，可为了自己挣的钱，就一头扎进火里去。我再不会为自己的儿子感到羞耻了。"

心灵的魔法

这是很老的一个故事，那时秘鲁还由一位强悍的国王统治着，它的疆界延伸出老远老远。为了传递国王的命令，宫廷里专门成立了一个信使队。

胡拉奇是这个信使队的头目，国王对他非常信任。如果国王有什么重要文件或机密文件要送，他一定让胡拉奇去。

胡拉奇非常勇敢和善良，一开始他总是准时送到，但后来他善良的天性成了他的障碍，胡拉奇看不得别人伤心。如果他在路上看到哪个穷人在受苦，他就会放下工作去照看。有几次他因此还犯了大错误。国王有重要命令让他传送，他虽然立即出发，但由于他善良的天性耽误了时间，因此带来损失。国王知道后大为生气，狠狠地揍了胡拉奇一顿，并且警告他如再误事，将会受到更严厉的惩罚。

胡拉奇低头听着，不过他并没改变自己的天性。有一次他带了国王的命令去赶路，看到一个人昏倒在地，他立即停住脚步。可是他想起了国王的警告，便把心一横向前走了，但是一路上他的心犹如针刺一般。

又有一次，他带了国王的信件向山区进发。天空乌云密布，下起雨来，这时他看到一位老婆婆正要滑倒，他立即跑去扶住老人。如果不是胡拉奇及时赶到，老婆婆就会坠下深渊。老婆婆还是受了重伤，她的头被碰破，流着鲜血，昏厥过去了。

胡拉奇十分为难：照看老人吧，要耽误送信，国王一定会发怒；只管送信，不照顾老人，又不知她会发生什么情况。这儿除了胡拉奇外，旁边没有一个人。胡拉奇想啊想的，最后终于下了决心：不管怎么样，等老婆婆康复后他再去送信。

胡拉奇就在那里给老太婆盖了一间草房，他给老婆婆包扎好伤口，等她好了，把老婆婆送到一个村里他才离开。老太婆向胡拉奇再三祝福。

这封信送去误时很久，胡拉奇想，国王一定会重重地惩罚他。事情确实发生了，国王得知后不仅解除了他的职务，还把他驱逐出京城。

可怜的胡拉奇怎么办！他不声不响地离开了京城。他整天东走西逛，靠野花野果充饥。他在哪里看到穷人受苦，或是看到受伤的动物，就会不顾一切地为他们服务。

但是不会总这样下去，有时胡拉奇几天得不到东西吃。

一天他在森林中走着，忽然看到一间草房，他想也许能得到些吃的，于是朝那儿走去。胡拉奇一来到小屋近前，一个老婆婆从屋里出来，这正是胡拉奇救过的老人。老人认出了胡拉奇，她把他带进屋内，让他饱饱地吃了一顿饭。

吃饭时胡拉奇眼里满含泪水，这不知道是他多少天以来吃过的一顿饱饭。老婆婆一问，胡拉奇讲述了全部经过。

老人听了以后，送给了他一双拖鞋，说道："孩子，你穿上它。"

胡拉奇惊讶地望着老人，他不知道是怎么一回事。老太婆猜出了他的心事，微笑着说："孩子，这双拖鞋是能飞的。我是会魔法的，好久以来我就在寻找一个无私而行善的人，你恰恰是这种好人，这双拖鞋对你会很有用处的。你穿上它想到哪儿去都可以到哪儿，一点也不会误事。"

胡拉奇穿上拖鞋来到屋外，他刚一想飞，就已经飞到空中。他非常高兴，谢过老人就回去了。

胡拉奇又回到国王身边，他对国王说让他再继续工作吧，现在他会干得很好。国王一向认为胡拉奇是好人，他的火气也早消了，于是让胡拉奇恢复了工作。

胡拉奇在这双魔鞋的帮助下，转眼之间就把信从这儿送到那儿，因此国王对他非常满意。

一天，胡拉奇拿了信正飞着，忽然看见下面有一个人流着血躺在一块岩石上。胡拉奇不能前行，他马上落下，给那人包扎好伤口后才又飞走了。这次送信又耽误了一会儿，国王又斥责了他。胡拉奇暗下决心，他只一心工作，哪儿也不看，一空下来就去帮助穷人解除痛苦。

一次，胡拉奇正经过一片森林，他想起飞，但是怎么想也飞不起来。胡拉奇思索着：也许是魔鞋的缘故。他正站着，那位老婆婆来到面前，一见到她，他把一切都告诉了她。

老婆婆听后惊愕地摇头，说道："孩子，这是不可能的，这鞋极为奇特。拿来给我看看，是怎么回事。"

老太婆穿上拖鞋，一下子就飞上了天空，看到这里胡拉奇更是迷惑不解，究竟是怎么回事？他把鞋拿过来穿上，可就是飞不起来。又试了几次，还是这样，老太婆穿上就能飞，胡拉奇穿上就原地不动。

老太婆于是说："我也不知道这里边还有什么秘密？"

胡拉奇的目光突然落到前面，他看到，一辆车下边躺着一只受伤的鸽子，他赶紧跑过去，把鸽子救出，敷上药、包扎好。这样当他再穿上拖鞋时，就立刻飞上天空。

胡拉奇落到地面上，脱去拖鞋，对老人说："老妈妈，这能飞的拖鞋对您说来是吉祥的。"

"为什么，孩子？"老人问。

"现在我明白了开始我为什么飞不起来，而现在能飞了，实际上这拖鞋是对的，问题在我心上。"胡拉奇说。

老太婆默默地听着他的话。

胡拉奇继续说："前面有一只受伤的鸽子，而我丢下它想走，我的心阻止了我。你的魔鞋在我的心灵面前也是无能为力的，我的心灵听到了那受伤鸽子的呼唤，因此我救了鸽子拖鞋才恢复了魔力，看来我不要它是对的。今天我才懂得我应该干什么，我就去干什么。为了我要干的事，这双魔法拖鞋对我是没有任何必要的。"

老太婆听了这话笑了，她说："孩子，你说得很对，面对心灵的魔法任何魔法都毫无用处。你为穷苦人服务吧，从这样的魔法中你会得到幸福的。"

好了，从这天起胡拉奇放弃了一切工作，他到处为穷苦人服务。据说胡拉奇今天还没有死。

小鸟和野猪

从前，有一只小头鸟和一头野猪，成了莫逆之交，从不分离，互称"亲爱的朋友"，他们同住在森林里。那时候，小头鸟的头并不像现在那么小。

他们过着无忧无虑的生活，到处都可以觅到丰富的食物。生活美满极了。

然而，有一天大雨滂沱，狂风怒吼，寒气袭人。两个挚友因无处栖身，变得垂头丧气，不知所措。这时候小鸟立即行动起来，在密林中建起了一处巢穴。巢穴建得严严实实，风雨都打不透。野猪在一旁逍遥，不但不帮忙，还冷言讥笑：

"喂，亲爱的朋友，你盖这样一间小房子，何苦呢？一阵牛毛细雨就把你吓坏了？你看我，亲爱的朋友，我才不自找苦头吃呢，雨很快就要停了。"

小鸟说："亲爱的朋友，你估计错了。假如淫雨绵绵，你将无处栖身！"

野猪反驳道："如果是那样，我将立即造穴。"野猪依然无动于衷。

小鸟蜷缩在巢穴深处，一言不发了。

雨愈下愈猛，野猪在外面冻得浑身哆嗦，支持不住了，急忙叫道："噢！亲爱的朋友！请让我进你的屋吧。我实在冷得受不了。"这时，他冻得牙齿咯咯作响，已无力动手造穴了。

小鸟说："啊！不行！亲爱的朋友，非常遗憾！我已经对你说过，而且刚才还劝告你。可你却毫不在意。再说。我的房子太小，无法接待你。我看，你还是乖乖地待在外边吧。"

野猪说："哪里，屋里总能挤出块地方，让我藏身。"

小鸟坚持道："不行！你就待在外边吧。"

"亲爱的朋友，你看，我只把'脚'伸进去就行了。"接着，他把"手"也伸过去了，最后连脑袋也挤进了屋里。小鸟只是连声喊叫"不行，不行"。但也不好把野猪推出去，唯恐伤了挚友间的情谊。

野猪进屋后，立刻靠近火炭取暖。他看到一只竹琴，于是说："啊！亲爱的朋友，请允许我弹弹竹琴吧！你家真暖和。"

说毕，他开始弹琴，边弹边唱："朋友的家，香气扑鼻，啊！美丽的家，幸亏有你。朋友的家，香气扑鼻！"小鸟听了赞歌，心里美滋滋的，真有点飘飘欲仙的样子。野猪轻轻地放下竹琴。不多一会儿，他便想出鬼点子，开始戏弄主人。

"朋友的家，臭气熏天。"

但未等小鸟听清，野猪就急忙改口唱道，"香气扑鼻。"

然而，第二次，小鸟却听得真真切切，知道朋友确实在嘲弄自己。

"啊！你竟搞这个名堂，真是气死我了。走，咱们马上出去较量较量，你以为我怕你吗？"

他俩走出巢穴，摆开架势，打了起来。打呀，打呀……从山上一直打到山下，从林中一直打到林外，格斗中，野猪冷不防朝小鸟头部猛击一掌。小鸟晕倒在地，他的脑袋破裂了，碎成无数块。从那时起，小鸟的脑袋变小了，成了现在的样子。两位挚友自此变成世敌，分道扬镳了。野猪回到茂密的丛林之中，惶惶不可终日，随时提防敌手的袭击；而小头鸟却一直栖息在森林的边沿地带。也正是从那时起，人们总是听到小头鸟不住声地喊叫："特拉！特拉！（在这儿！在这儿……）"这是因为他从未忘怀与野猪的恶战、分手的情景和脑袋变小的惨状。

直至今天，小头鸟仍然不停地叫着："在这儿！在这儿！"其中的奥妙就在这里。

猴子的心

海边长着一棵大树，枝叶一半在岸上，一半在水上。有一只小猴子最喜欢这棵树，他整天在枝头上蹦蹦跳跳，玩个不停，只有当他饿了的时候才停下来，摘树上鲜美的果实吃。

海里住着一条鲨鱼。一天，猴子把果子扔进水中，鲨鱼一口就吞食了，觉得味道很鲜美。从这以后，鲨鱼每天上午游近大树，他与猴子结成了朋友，猴子每天都给他果子吃。

"谢谢你，朋友，"鲨鱼总是这样说，"我每天除了吃鱼以外，再没有其他吃的了，我都吃腻了。这果子的味道真鲜美。"

猴子对于鲨鱼的友谊很高兴，他也很乐意往海里扔果子，每次朝不同的水面扔去，就像一个小孩把石块扔向朝着海滩滚滚而来的波浪一样。

一天，鲨鱼看着树枝上蹦蹦跳跳的猴子说：

"承蒙你这几个月来一直对我很好，每天都给我果子吃，我实在是过意不去，现在我也要表表谢意。"

猴子咬着指头，很有兴趣地看着下面的鲨鱼，想听听他到底要用什么办法致谢。

"我决定带你去看看我的家，"鲨鱼继续说，"在那里你可以同我们部落的其他成员见见面，他们也会感谢你对我的热情。"

　　猴子有点疑虑，他想了一会后回答说："谢谢你，我不打算去。我们陆地上的动物不喜欢把自己的毛弄湿。再说我也不会游泳，我还是待在树上的好。"

　　"来吧！"鲨鱼说，"谁说你会弄湿呀？我驮着你回家，一滴水也不会沾到你身上。我在水里时一定小心谨慎，不摆动尾巴。"

　　猴子还是犹豫不定，但天气很热，水果的季节也快要结束了。考虑到水面上会凉爽些，而且还会在鲨鱼家吃到点儿好东西，猴子终于接受了鲨鱼的邀请。他爬下树来，跳到鲨鱼的背上，就一起出发了。

　　起初，猴子吓得魂不附体。因为鲨鱼游得很快，就像在碧绿的深水中飞驰，而猴子想要抓住鲨鱼光滑的脊背却很不容易。但不一会儿，他就习惯了。他把眼睛睁得大大的，查看着水面的各种鱼类和植物。

　　"怎么样，你高兴吧？"鲨鱼问道，"难道这儿不比那干燥的陆地上凉快得多吗？"

　　"是的，"猴子回答说，"可是，要是你的脊背不那么滑就好了。我们还有多少路程呀？"

　　"大约走了一半。"鲨鱼回答说，"有一件事我想应该告诉你了。我们部落的首领，海中最大最有力量的鲨鱼，病得很厉害，我们担心他要死。我们的医生说，如果首领能吃上一颗猴子的心，就能很快恢复健康。因此，我现在正要把你带去见我们的首领。由于你一直对我很好，我觉得应当让你有思想准备。"

猴子大惊失色，咬紧嘴唇，以免哭出声来。他仔细考虑了一会儿，便想出了一条金蝉脱壳的妙计。他竭力装得镇静地说：

"你真笨！离开陆地之前你怎么没有告诉我呀？我没有把心带来，怎么能把我的心给你们的首领吃呢？"

"你没有带来吗？"鲨鱼很惊奇，反问道，"你的心难道不是长在胸膛里吗？"

"显然你不太了解我们猴子，要不然你一定听说过，我们猴子的心虽说也长在胸膛里，但在睡觉时，却要把它挂在树上。今天和你来的时候因为匆忙，我还没有把心从树上摘下来呢。"猴子回答说，接着他又叹了一口气，"唉，我想你大概是不会相信我的。那么你最好还是继续往前游，等到了你的家里，你们把我宰了，那时发现我没有心，你才知道我说的是实话。但是那样又不知道你们的首领会怎么气愤呢！"

鲨鱼非常了解，假如猴子的话是真的，那他的部落的其他成员一定都对他非常愤怒。

"正如我刚才所说，"猴子又说道，"要是你预先告诉了我，我就会把心带来了。我非常乐意让你们的首领吃我的心，因为你是我的好朋友。"

于是，鲨鱼在水中转过身来，又向陆地的方向游去。他说："假如我把你送回岸上，你能不能把你的心取来？"

"那当然啦,"猴子回答说,"让我们再加快点儿速度,别让你们的首领老等着。"

鲨鱼在海中像箭一般地飞速前进。猴子骑在他的背上,简直难以相信自己的好运气。最后,他们来到岸边,猴子跳上岸,嗖的一下子就上了树。他对水里的鲨鱼喊道:

"等着我,我一会儿就来!我知道自己的心放在什么地方。"

接着是一片寂静,鲨鱼在下面的水中游来游去,等着猴子。可是他等了半天也听不到树上有半点声音,也看不到树叶有半点动静。他等得不耐烦了,就喊道:

"猴子!猴子!找到你的心了吗?"但是,没有回答。

鲨鱼还以为猴子把心放在更远的树上了呢,便又等了一会儿,但是,仍然没有动静。鲨鱼终于生起气来,便高声叫喊:

"猴子!猴子!你还要我等多久呀?"

一只半烂的果子"砰"的一声砸在鲨鱼的鼻子上,树枝中传来一阵笑声。

"你以为我是个傻瓜吗?"猴子问道,"你真的指望我跟你一起去让你们宰掉吗?"

"可是,你明明要我把你驮回来取你的心的呀。"鲨鱼抱怨说,"难道你又反悔啦?"

猴子的笑声更大了。

"我的心就在我的胸膛里,"他大声说,"而且,它一直就在那里。你滚吧!我们的友谊就此完蛋了!"他每说一句话就往鲨鱼的鼻子上砸一只烂果子，"你……抓不到……我了！"

鲨鱼垂头丧气地游走了。猴子在树上又是笑又是叫，他把所有的朋友都叫到一起，告诉他们，他是如何以智慧取胜鲨鱼的。他并且警告朋友们，如果想要长命百岁，千万不要受骗上当跑到海里去。

骗子彼得

从前有一个贫苦的人，大家都叫他骗子彼得。因为他谙熟骗术，想要骗谁就能骗了谁。骗子彼得喜欢欺骗财主和官吏，而对于像他自己那样贫苦的人，可从来也没有骗过。

有一次，彼得进城去。他在路上第一个碰见的人是一个肥胖、凶恶而又贪财的法官。法官见了彼得，打了一声招呼，接着便讽刺挖苦地说："彼得，你好！什么风把你吹到这里来了？你是不是打算把我也骗一下呢？"

彼得便说："那好吧，骗一下倒是可以。不过，搞这个我还得去取一些东西来，可这里没有。"

"那不要紧，去取吧。是不是路很远呢？"法官问道。

"那还用说，光步行就需要一整天时间。"

"好吧，那么把我的马给你。骑马去，快取回你需要的东西。我倒要看看你怎样能把这个机灵的法官哄骗了。"

彼得反骑着马：脸儿朝着马尾巴，脊背向着马脑袋，佯装成不会骑马的样子。到出城以前，彼得一直别扭地骑在这匹可怜的马上。但是，一出城门他就像一个真正的骑兵一样，熟练地疾驰起来。

彼得一开始就很走运，在另一个城市的热闹的集市上，彼得把法官的马卖了一百个福林，在卖马之前，彼得把马尾巴割下来了。得了款以后，他又把马尾巴带到湖边，跳入水中，把马尾巴巧妙地安放好，使它正好露出水面。在马尾巴的另一端彼得绑了一块大石头。随后，故意把自己的脸和衣服弄上污泥，一瘸一瘸地费了九牛二虎之力返回到法官跟前。

当法官见了彼得，急忙问道："彼得，你怎么啦？"

"哎哟，别问啦，法官老爷。您大概也看见，我是怎样骑着马走吧。当我一出城时，马突然跳进湖里，连我一起掉进水里去了。我差点儿摔伤，险些见阎王。但是，这匹可怜的马儿却已经淹在水中了。"

"胡扯，骗子！我看你存心想骗我！"法官怒气冲冲地说。

"哪里骗您！您去看好啦。现在这匹该死的马的尾巴还露出水面呢。如果我有半点儿撒谎，那么，您法官老爷，随时可以把我关进班房。"

于是法官带了两个衙役来到湖畔，一眼瞥见马尾巴露出在水面上。

"瞧，彼得真的没有撒谎。快抢救，也许马还活着哩！"法官高兴地说。

法官紧紧抓住马尾巴开始往上拉，拉呀，拉呀，直到他把大石头拉出来，扑通一声在泥浆中滑倒为止。

"好一个骗子！他真的把我骗了。"法官手里还抓着马尾巴，怒气冲冲地说，"你等着瞧吧，我非把你关进牢房不可！"随后，他又带了两名衙役径直去找彼得。

彼得从老远就瞧见了法官，他从容不迫地把一个大锅搬到台阶上，锅里放着已经烹饪好的红焖牛肉，又把大锅放在一个大树墩上，津津有味地品尝起来。

当法官走近，见彼得在不用火的锅里煮着焖牛肉时，便立刻把丢马的事忘得一干二净。

"请告诉我，彼得，这是什么样的锅？怎么煮牛肉而不用火呢？"法官问道。

"哎，法官老爷，"彼得回答说，"我要是没有这锅，早就饿死啦。这是我爷爷祖传下来的，只要往锅里放进切碎的肉块和土豆，再加上一些水，这锅自己就能把菜煮熟。"

"那你能不能卖给我？"

"不行啊，法官老爷，我不能卖给您，我会因此而受到已故爷爷的谴责。"彼得回答。

"要知道我出一百福林的高价来买你这锅。"

"不，法官老爷，你别再纠缠我了。"

"给你二百福林！只要把锅卖给我就行。"

"那好吧，既然你这样喜爱这个锅，"彼得说，"就这么样吧，给三百福林卖给您。我自己就凑合着过活吧。"

法官丝毫没有讨价还价，三百福林如数付清。接着彼得帮法官把熏黑的大锅背上回了家。回家后，法官把大锅放在厨房中间，吩咐女仆把土豆去皮，把牛肉切成片放入锅内，不点燃火就在厨房中间煮起来。

女仆由于惊讶而睁大眼睛凝视着。

"你为什么要瞪着眼睛！还是干活去吧！"法官喊道，"结果怎样，你自己很快就会见到！"但是他们什么也没有见到。煮了半天，牛肉还是生的。法官怒不可遏，跑去找彼得，要亲自把他关进牢房。

"嘿，骗子彼得！你把我骗苦了！我现在就要送你去坐牢。"

"怎么我会骗你？一点儿骗的打算也没有呀！"

"那么，你的锅是完全不能煮熟的！"法官又喊道。

"这锅怎么不能煮熟，法官老爷，本来您自己亲眼见到，只要把锅放在树墩上就能煮熟。而这个树墩你正好没有买呀。"

"噢！原来是这么回事？"

"当然啦，法官老爷。"彼得回答道。

"那么你这个树墩卖多少钱呢？"

"这个我卖给您比锅子便宜得多，没有锅，树墩我也没有用处了，给一百福林就卖给您。"

法官马上数给彼得钱，彼得又帮他把树墩背上，吃力地往家里走去。回家后，法官把树墩放在厨房中间，在树墩上又放了大锅。但是他等呀，等呀，牛肉反正是煮不熟。现在，这个法官彻底醒悟过来，他确实又受骗了。马上心中暗自决定：

"不管他那里有什么东西，不管他给我看什么东西，我再也不买他的了。"

法官又去找彼得，而彼得远远看见法官走来，匆忙对他的妹妹说："法官马上就要到这里来了，我们俩要使劲地破口大骂。"

随后，他把昨天刚宰好的一个血淋淋的绵羊胃绑在自己的肚子上，又重复地向妹妹说了一遍："法官来时，我们俩要使劲地互相破口大骂。不管我说什么，你就光和我顶嘴。随后，我将拿起刀子往肚子里一捅，我就一命呜呼了。这时你赶快取下笛儿，它在柜里上面一格放着，在我的耳边吹三声，我又会起死回生了。"

事情的结果正是这样。

当法官来到时，兄妹俩互相骂得狗血喷头，法官连一句话也插不上。就在这时，彼得抓起刀子往自己的肚子捅去。法官急忙跑过去，想从彼得手中夺下刀子并向他惊呼：

"你干什么，彼得？要知道弄不好就会把你自己的命送掉！"

"我不要命了。"彼得回答道。

说时迟，那时快，他用刀子向肚子猛然一扎，绑在肚子上的羊胃就进裂，鲜血溅满彼得一身。就在这时妹妹拿起笛儿在死去的彼得耳边吹了三声。彼得又动作迅速地跳了起来，并开始揉揉自己的两只眼睛。"啊，我睡得好香呀！"彼得说，"我睡了好久啦！"

"要是没有这个笛儿，你就要长眠在九泉之下了。"妹妹对彼得说。

"彼得，这是什么样的笛儿?"法官急问。

"哎哟，法官老爷，要是没有这个笛儿，我早就不在人世了。因为我生气时，常常把全部愤恨拿自个儿来出气。"

"我也是那样的脾气。"法官说，"当我的仆人们做什么事不合我心意时，我由于愤怒情愿结果自己性命。你能不能把笛儿卖给我?"

"这怎么能卖给您，法官老爷？要知道没有它我就活不成啦。"

然而法官一再苦苦哀求，直到彼得同意时才罢休。他们讲好价钱为四百福林。法官得到了笛儿便装进了口袋。法官把丢马、买锅和树墩之事扔到脑后，满心欢喜地回了家。他现在倒是可以放心了！现在他可以尽情地发怒而把全部愤怒拿自己来出气，这个笛儿随时都可以使他起死回生。

事情的结果也正是这样，法官回家后，把自己的马车夫雅诺什叫到身边。"喂，雅诺什，听我的话。"法官说道，"这个笛儿我托付给你了，把它珍藏在餐橱内。但是除了我们俩以外，可别让任何人知道。当我怒不可遏时你将见到，我会用刀子把肚子扎破，那你就立刻拿笛儿来，在我耳边吹三声。"

过了一些时候。有一次雅诺什在有些事情上没有听从法官的旨意。法官发怒了，抓起刀子直往自己的肚子捅去。雅诺什向法官惊叫："法官老爷，您这是干什么？保不住会把您自己的命送掉的!"他的话法官连听也不听,在盛怒之下,拿刀用力直往肚子里扎进去了。

当雅诺什见法官昏倒时,他没有对任何人说什么,立刻记起笛儿的事。他拿起笛儿在法官的一个耳边吹了三声。然后,又在另一个耳边吹了三声。但是,他可能还会再吹上三百次呢,因为这个贪官直到现在也不会再清醒过来了。